イリス・
ヴェルザンディ
caption
ウィリ
年前の
齎した
ラで他
JN038037
ソフィア・
ハートレッド
caption
ウィリアムの師匠その2。強力な魔術を操る大天使。ウィリアムに魔術を用いた戦い方を伝授する。
ミオ・
キリサキ
ウィリアムの師匠その3。剣聖と呼ばれる凄腕の剣士。接近戦における心得をウィリアムに叩き込む。
2
美少女揃いの
THE LAZY HERO WITH
GODDESSES WILL SAVE THE WORLD.
英霊に育てられた
俺が人類の切り札になった件

（うわ、胡散くせぇ）
ウィリアム・
ハイアーグラウンド
caption
元「最弱兵器」で英霊の弟子。元の姓を捨て、師匠から与えられたハイアーグラウンド姓を名乗る。

「せっかく友人になったのですから
教室までご一緒させてください」
カノン・
ユークリウッド
caption
第三王女でレオナルトの妹。
一見可愛らしい小柄な少女
だが、ウィリアムにはそうは
見えていないようで——？

「あら、早いのね。ウィルの性格なら時間ぎりぎりだと思ったわ」
セシリー・クライフェルト
caption
ウィリアムの幼馴染。史上最年少で王都の魔道師団に入団した天才で、魔術・剣術ともに一線級の腕を持つ。

「イリス様が
わたし用の服を即席で
仕立ててくださいました」
レイン・
バートネット
caption
イリスの従者だが、今はウィ
リアムのサポーターとして傍
にいる事が多い。何やら隠し
事があるらしいが……。

「ここから先はこれで決着をつけないか？」

THE LAZY HERO
WITH GODDESSES WILL SAVE THE WORLD.
「いいのですか、わたくしは――強いですよ」

CONTENTS

THE LAZY HERO
WITH GODDESSES WILL SAVE THE WORLD.

美少女揃いの英霊に育てられた俺が人類の切り札になった件2

諸星 悠

ファンタジア文庫

3409

口絵・本文イラスト　kodamazon

2
美少女揃いの
英霊に育てられた
俺が人類の切り札になった件
THE LAZY HERO
WITH GODDESSES WILL SAVE THE WORLD.

プロローグ

それは東部遠征を終えたウィリアムたちが学園に帰還した晩の出来事だ。

「考え事ですか？」

男子寮にあるウィリアムの部屋のベランダでは、金糸を纏《まと》ったようなさらさらの髪にコバルトブルーの瞳の少女――レイン・バートネットが、外を眺めるアッシュブロンドの長い髪の少女――イリス・ヴェルザンディに声をかけた。

イリスは千年前の魔王であり、レインはその従者という関係だ。

「ああ、覚醒者たちが打ってくる次の手を考えていた。とはいえ、あいつの口にした前提が本当だとは限らないが」

「イグニスから聞いた『覚醒者はこの世界で人を殺しすぎると世界の秩序とも呼ぶべき力に消される』という件ですね」

それはウィリアムがベヘモスとの死闘を繰り広げる最中、イリスたちがイグニスから手に入れた情報のひとつだ。

「ああ、やつからもらった情報だから嘘《うそ》である可能性を否定できないが、それだとこの世界がまだ健在であることに説明がつく」

イリスの口調は半ば確信めいていた。

さる神から恩恵を与えられた覚醒者たちと対峙《たいじ》した人類が滅ぼされなかった理由など、そのくらいのスケールでなければ説明がつかないからだ。

「千年経《た》って人類が滅んでいなかったのは喜ぶべきことだが、正しい判断をするには情報が不足しすぎているな。敵であるイグニスの情報を鵜呑《うの》みにするわけにもいかん」

イリスは愚痴ると、レインに向き直った。

「なあレイン、ウィリアムにお前の正体を教えなくていいのか？」

その言葉を聞き、レインは一瞬だけ躊躇《ちゅうちょ》した。

「かまいません。わたしは一生このままイリス様の従者として過ごすと決めましたから」

そう口にするレインの脳裏には、千年前に犯してしまった過《あやま》ちが蘇《よみがえ》る。

覚醒者によって人類が存続の危機に瀕《ひん》していた暗黒の時代において、多くの人々は救いを求め、とある聖女を擁する教会の教えを信仰していた。そして教会は覚醒者の脅威から人々を救うために、枢機卿《すうききょう》が提唱したある魔術を用いて人類を救済しようとした。

その魔術の異常性に気づきながらも、止めることができなかった……という過去がレインの胸を締めつける。

「あの当時わたしにもっと勇気があれば、ソドム枢機卿の計画を止めて聖人化術式の犠牲になる方々をもっと減らすことができました。ですから、わたしにはあの肩書を名乗る資格がないのです」

「だが、聖人化術式は千年前に葬《ほうむ》り去《さ》った。千年前にわたしたちと対峙した教会勢力はすでにこの世界には存在していない。そしてどういうわけか知らないが、歴史が歪曲《わいきょく》されているせいで、この世界にはもうお前のことを知る者などいない」

千年後のいま、レインの正体を知っている者は誰もいない。なぜだか知らないが歴史が歪曲されて伝わっているからだ。

それはこの時代で生きるレインにとって望ましいことだった。それと同時に、自分を知る人々がいないことを楽に感じてしまう自分の愚かさに、レインはいまもなお苦しめられている。

「時代というのは生き物だ、時とともに移り変わり全ては過去のものになる。この時代で封印を解かれたお前が過去に縛られる必要はない。ソフィアもミオも、この時代ではお前が過去の呪縛から解き放たれることを望んでいる」

まるでレインの苦悩を見透かしたかのような言葉に、おそらく本当に見透かされていたのでしょうね、とレインは素直に敗北を認める。しかし、認めたからといって過去に犯した過ちが消えるわけではない。

前に進む勇気がなかったからレインは縋《すが》るように尋ねる。

「イリス様、わたしは不要でしょうか？」

「そんなことはない。お前は必要な存在だ、わたしたちにとってもウィリアムにとってもな」

この時代では、ウィリアムを最強に育てることがイリスたちの使命だ。そのために必要だと言ってもらえてレインは安堵《あんど》する。

「だが、ウィリアムはこれからさらに成長していく。それは飛躍といっていいほどの成長になるだろう。あいつは天才だからどこまで伸びるか、わたしでさえ想像がつかん。そんなウィリアムをサポートするお前もいまよりもっと先に進もうとしないとウィリアムの足《あし》手纏《でまと》いになるぞ」

「それは……おっしゃる通りだと思います」

「なら、お前は身の振り方について一度真剣に考えたほうがいいだろうな」

ここまで来て、この場が自らの犯した罪を咎《とが》めるものではなく、忠告を受けるものであることにレインは気づいた。

「聖女として特別な力を持っているお前だからこそ、力を持つ者の責任と使命に向き合う

必要がある。お前がこの時代でするべきことはなにか、真剣に考えるといい」

罪と罰。罪に応じて罰は与えられるものだ。たとえ罪を知る者がいなくなっても罰を受けないでいいわけがない。

多くの人に破滅を齎《もたら》してしまった罪悪感が胸に残っているからこそ、それに引きずられてしまい、レインは何も言うことができなかった。

※※※

王城、カノンの自室にて。

「なぜウィリアム・ノアブラッドの殺害が認められないのでしょうか？　ウィリアムはあのノアブラッド家の隠し駒の可能性があるんですよ」

薄暗闇に包まれた室内で、短く整えられた金色の髪につぶらな碧《あお》い瞳をした少女——カノン・ユークリウッドが尋ねたのは、水晶から浮かび上がっている立体映像だ。

カノンを弧の字に囲むようにして五つの水晶が用意され、そこからは浮かび上がった五名の人物がカノンを見つめている。

とはいえ、その誰もがローブを頭から被《かぶ》り、映像が不鮮明なこともあって顔をはっきりと確認することはできなかった。

「くだらない、これまで誰の目にも留まらなかった無能がどれほど脅威になるというのか」

「最弱兵器など放っておけばよかろう」

「左様。もしそのことでノアブラッド家の怒りに触れれば無用な争いが起こる」

「聖人といってもしょせん世間知らずの小娘か。英雄にはほど遠い」

「身の程を弁《わきま》えることだな小娘」

それだけ言い残して、五つの立体映像が途切れた。

王族に向けるにはあまりに失礼な言葉。だが、ここでのカノンの立場は王族ではなく、目の前に映った五名の人物より遥《はる》かに下だった。

カノンの脇に控えていた部下の一人が自室のカーテンを開けると、明るい日差しが降り注いできたがカノンの顔は晴れない。

「老害どもが、どうして危機が迫っていることを理解できないのですか。ウィリアム・ノアブラッドが覚醒者による成り代わりである可能性は濃厚なのに」

カノンに老害呼ばわりされたのは、覚醒者と戦うために結成された秘密結社であるマギアの中でも、格別に力を持った五大マギアのマスターたちだ。

マギアとは千年前に失われたとされる魔導に関する叡智《えいち》を結集し、代々受け継いできている組織のことだ。マギアが有する知識は覚醒者と戦うためのものであり、国家間の戦争に利用をされるのを避けるために表に出ることはなく、マギアは世界中に影響力を持つ秘密結社となっている。

カノンは自身が所属するマギアよりもずっと影響力のあるマギアの責任者たちに、ウィリアムの危険性を説いたが一顧だにされなかった。

本来なら覚醒者と戦うために結成されたのがマギアではあるが、カノンの目には設立当初の志が失われているように映っていた。

「落ち着いてください、あなたが憤《いきどお》れば他の者が不安になります」

「失礼しました。先生、わたくしの考えは間違っているでしょうか?」

カノンが声を掛けたのは、眼鏡をかけて穏やかな顔をした中年男性である——ケイネス・アローだ。

ケイネスは魔術に関しては並々ならぬ見識を持ち、表向きはカノンの家庭教師を、実際のところはカノンが所属するマギア——アスターテのマスターをしている。

世界の敵である覚醒者の存在や、それと対峙するマギアの理念や使命についてカノンに教えてくれたのはケイネスだ。ケイネスは各国を放浪して素質ある者たちの家庭教師をする最中、その中でも特に才能のある者たちをマギアに取り込み、覚醒者と戦う術を伝授していたらしい。

そしてマギアの構成員たちが学ぶのは、現代では失われたとされる千年前の魔術の知識だ。幼少の頃から失われた魔術について学んできたカノンは、この国の宮廷魔導士を凌《りょう》駕《が》する実力を密《ひそ》かに身につけていた。

またマギアの関係者から声を掛けられるかどうかは、時の巡り合わせによる要素も大きいらしい。そういう意味でカノンは恵まれたというべきであろう。

やがてカノンが力を付けてからは、ケイネスはマスターとしての権限をカノンに譲り始め、自身はアドバイザーとしての役割に徹していた。

「べへモスを単独で倒したのが真実なら、ウィリアム・ノアブラッドが覚醒者である可能性を否定できないでしょう。ですが、覚醒者は人に成り代わった際、権力や影響力を求める傾向にあります。しかし、現在のところウィリアムは一介の学園生に過ぎません。まだノアブラッド家と繋《つな》がっているかもしれないという疑念はさておき、暗殺は早計だとする判断にも一理あると思います」

「それもそうですね。すみません、悪癖が出てしまったようです」

考えるより先に行動してしまう癖を悔やみながら、カノンは顎に手を当てる。その矢先、ケイネスが諭すように告げてくる。

「判断材料があるとすれば、今後ユークリウッド魔導学園で催される学園代表選抜戦でしょう。優勝者は、世界中の優れた若手の魔導士たちが実力を競い合う大魔導祭典に招かれます。そこは五大マギアも大きく関与する世界屈指の権力闘争の場です。もしウィリアムが成り代わりであれば必ず学園代表選抜戦に興味を示すはずです」

「なるほど、それはちょうどいいですね」

大魔導祭典というのは学生同士で互いに魔術を競い合い、世界最強の魔導士を決める場だ。しかしそれは表向きの説明であり、実際は各マギアが息のかかった精鋭を送り込み、どのマギアの魔導士が優れているかという覇権争いの場になっている。

今年はユークリウッド魔導学園の一年生であるカノンが代表として出場する予定になっている。そこに、ウィリアムが興味関心を示すかどうかで判断しようという魂胆らしい。

「わかりました。となれば学園代表選抜戦に関するウィリアムの反応を確かめる必要がありますね。では、わたくしが学園でウィリアムの素行調査を行うことにいたします」

「ど、どういう意図があってのことでしょうか？　身辺調査でしたら殿下のお手を煩わせなくとも、わたしたちの手で事足りますが」

カノン自らが動くのを知り、ケイネスが戸惑った様子で尋ねてくる。

「自分の目で直接ウィリアムを見極めておきたいと思ったのです。もしウィリアムが学園代表選抜戦に興味を示した際は、偶然を装《よそお》ってわたくしが始末するつもりです」

「いくらカノン殿下でも、覚醒者と単独で相対することは危険です。それに、御身《おんみ》はすでに命を狙われているのです。何卒《なにとぞ》ご自重ください」

「影武者の件は残念でした。ですが理解してください先生。これはマギアの務めだけでなく、王族の務めも含まれるのです。もしウィリアム・ノアブラッドがこの国で暗躍しようというのであれば、早急にその脅威を排除しなければなりません」

ウィリアムとはべつの覚醒者に命を狙われているカノンはすでに覚悟を決めていた。

「腐敗した五大マギアのマスターには理解できなかったでしょうが、これまで停滞していた覚醒者たちの活動が再度活性化しつつあるいま、わたしたちはその動きを早急に制さなければなりません。そうしなければ、歯止めが利《き》かなくなる気がしてならないのです」

カノンが力強く言い放つ。

「わたくしはこの聖人の力を以《もっ》て、世の理を正してみせます」

一章　怠惰と刺客

　早朝、ウィリアムの部屋にて。

『いい加減にしろ。いつまでだらけているつもりだ』

「今朝はやる気が起きなかったからしょうがないだろ」

　イリスからの念話を受けて、黒髪碧眼《へきがん》の少年であるウィリアムはようやくベッドから身を起こした。だるそうにふぁーと欠伸《あくび》をするその様は、目の前でこちらを見下ろしてきている四人の少女たちから不興を買うだけだった。

「あんた、昨日も同じことを言ってたじゃないの」

　腰に手を当ててつんけんとした態度で咎めてくるのは、ツーサイドアップの深紅の髪にアクアブルーの瞳をした少女であり、千年前は大天使として名を馳《は》せた英霊――ソフィア・ハートレッドだ。

「あれ、昨日も言ったっけ？」

「あ、あんたね～～～～～っ!?」

　ウィリアムがすっとぼけたところ、ソフィアは怒りで肩をわなわなと震わせる。

「はあー、この前はすごく格好よかったのに、どうしてまたいつものウィル君に戻っちゃったんだろ……」

呆《あき》れたように溜《た》め息《いき》を吐いたのは、東方にあるとされる道着と袴《はかま》を身につけ刀を差した、アシンメトリーの黒髪ショートヘアの少女であり、千年前は剣聖として名を馳せた英霊――ミオ・キリサキだ。

「ウィリアムさん、あなたという人はどうして……」

衝撃を受けたように嘆くレインを前にしても、ウィリアムに反省の色は見られなかった。

「この前は一生分の修行をしたじゃんか。未来のやる気を先取りしたから、当分の間俺はもうやる気が出ないんだよ」

「おい、お前はわたしたちの弟子として頑張るんじゃなかったのか」

イリスがびしっとこちらを指さすが、

「東部でセシリーたちを守ろうとしたときは力が湧いてきたんだけど、いまはどうもやる気が起きないんだよな」

ウィリアムにはまったく響いてこなかった。

「ちっ、やはり戦う動機をなくしていたか」

イリスの分析に、ウィリアムは異論が浮かばなかった。

東部で頑張れたのはセシリーたちを助けようと一念発起できたからで、いまはそういう衝動が湧いてこないのは事実なんだよな。

「これで才能がなければ見捨てるところなんだけど、才能がある分始末に負えないわね」

「あははは、困ったことにまったくその通りなんだよね」

師匠であるイリスたちは、ウィリアムという異質な存在を扱いかねている様子だった。

「ま、お前らの話の通りなら覚醒者は当面の間は俺を襲ってこないんだろ」

「たしかにわけあってイグニスは戦えないようだが、信用できるかどうかは別だ。抜け穴がないとは限らんぞ」

「不確かなことを心配してもしょうがないだろ。来るかどうかもわからない敵にいつまでも怯《おび》えてられるかよ。しばらくはゆっくりしてもいいじゃんか」

レインが呆れたように額に手を当てる。

「そのように調子に乗っていると、すぐに後悔することになりますよ」

「でも、東部以来覚醒者にはなんの動きもないんだろ？」

ウィリアムが目を向けると、イリスが苦々しそうに舌打ちをした。

「ああ、特に目立った動きはない。まだ確定ではないが、覚醒者たちには表だって動けない事情があるようだ」

「なら心配なんてなにもないじゃんか」

「いいや、すでに時代は動き出している。時代のうねりというのは、一度動き出したら止まることなどない。そしてまだ自覚はないだろうが、この時代の中心にいるのはお前だ」

不吉な発言に、ウィリアムの表情が硬くなる。

「そろそろ覚醒者ではない連中からちょっかいがあってもいい頃だと思ったが、どういうわけかまだ興味を示さないようだ」

「お、おい、覚醒者以外にも敵がいるのかっ⁉　れ、連中って誰のことだよっ⁉」

「決まっているだろう、この世界の裏側にいる者たちのことだ」

慌てて尋ねたウィリアムは、話の内容が摑《つか》めないので僅かに首を傾《かし》げた。

「お前がベヘモスと戦っていたとき、わたしたちは覚醒者と対峙《たいじ》していた。そしてこの目で直接覚醒者を確認したことで、ある疑問が浮かぶことになった。それはわたしたちが不在であった千年もの間、覚醒者たちの暗躍を誰が防いでいたかということだ」

「誰が防いでたんだよ？　というか防げるやつなんているのか？」

「お前は気づいていないだろうが、この世界には間違いなくいるぞ。覚醒者たちに対抗できる力を持った、歴史の表舞台に出てこない連中がな」

「ふーん、そんなやつらがいるのか。一生関わりたくない連中だな」

「その者たちなら千年間になにがあったか、なぜ魔術が衰退したのかを説明できるだろう。わたしの予想では、近々そいつらからお前に接触があるはずだ」

「そ、そんなことあるわけないだろっ⁉」

面倒ごとの気配に動揺したウィリアムが否定すると、イリスが確信めいた口調でこう言ってくる。

「どうやらお前はわかっていないようだから明言してやろう。お前の意思とは無関係に時代がお前を巻き込んでくるぞ」

翌日の朝、通学路にて。

ああは言ったけど、イリスの勘は馬鹿にできないんだよな。

だるそうに背を曲げて歩くウィリアムの脳裏を、イリスの明言が過《よぎ》る。

ウィリアムはイリスたちからこの時代の中心人物として捉えられている。一般的に見て、千年前の英霊たちと契約してしまったウィリアムが普通でないことは確かだ。

『どうしたんだ？』

（いいや、なんでもない）

この日はレインだけでなく、イリスたち全員がウィリアムに随行していた。

イリス曰《いわ》く、時代のうねりを見逃さないようにするためらしい。

世界の裏側にいる連中となんか関わり合いたくないし、怪しいものが近づいてきたら全力で無視しよう。

面倒ごとを避けるに越したことはない、とウィリアムが考えたとき、石畳の上に見慣れない少女が倒れていることに気づいた。

「う、うぅ……」

うつ伏せに倒れている少女からは、なにやら苦しそうに悶《もだ》える声がした。

なんでこんなところに人が倒れているんだ？

人通りの多い通学路において、たまたまウィリアムが歩いているときに、目の前に学園の制服を着た少女が倒れている。そのような事態に遭遇した際、イリスの明言を反芻《はんすう》していたウィリアムの脳裏に浮かんだのは、当然少女を助けようという選択肢ではない。

絶対面倒ごとになりそうなんだよな。

よしっ、ここは気づかない振りをして通りすぎ――

「た、助けてください」

ウィリアムが無視しようと決めた直後、目の前で倒れている少女から助けを求める声が発せられた。

『ウィリアムさん、困っている方がいらっしゃいますよ。助けてあげてください』

(いや、俺じゃなくても他のやつが助けるって)

レインは疑っていないようだが、どうも怪しいと疑っているウィリアムは対応が遅れていた。

『いまこの場にはウィリアムさんしかいません。あなたが助けるのが筋です』

(……しょうがねーな)

ウィリアムは頭の後ろを掻《か》いたあと声を掛ける。

「おい、大丈夫か?」

すると痛みで唸《うな》るのをぴたっとやめて、少女が手を差し出してきた。その手を取ったウィリアムが慎重に引き起こす。

「助けて頂き助かりました。じつは足を挫《くじ》いてしまっていて動けなかったんですが、もうよくなったみたいです」

見る人に警戒心を抱かせないような、まだどこか幼く、それでいて満面の笑みをこちらに向ける碧眼の少女を前に、ウィリアムはやはり疑いの念を抱く。

足を挫いたくらいで動けなくなるやつが、学園にいるとは思えないんだけどな。

「失礼ですが、お名前をお聞かせ頂けますでしょうか？」

「……ウィリアム。お前も聞いたことがあるだろうけど、最弱兵器だよ」

「ああ、なんということでしょう。まさか最弱兵器と呼ばれる方がわたくしを助けてくださるなんて」

大袈裟《おおげさ》に胸の前で腕を組む少女の仕草に、これはかかわっちゃダメなやつだ、とウィリアムは悟る。

なぜなら、ウィリアムを下に見てこないのは異常だからだ。

「じゃあ、そういうことで」

「お待ちください。助けて頂いた方にお礼を差し上げないのは王家の恥になります」

王家の恥？

その場を去ろうとするウィリアムがぴたりと足を止めた。

「お前、もしかして王族なのか？」

「おや、ご存じなかったのですね。そういうことでしたら自己紹介させてください。わたくしの名はカノン・ユークリウッド、この国の第三王女をしております」

そう言ってカノンがさりげなくウィリアムとの距離を詰めてくる。

「よろしくお願いしますね、ウィリアムさん」

それから当然のようにウィリアムの隣を歩き、一緒に登校する流れになった。

こいつ、一体なにが狙いだ？

警戒するウィリアムの隣では、カノンが当たり前のように話しかけてくる。

「ところで、ウィリアムさんは礼拝堂で気を失っていたことがあるようですね」

「あ、ああ。それがどうかしたのか？」

礼拝堂で倒れていた件は一部の学園関係者しか知らないはずだが、なぜかカノンは知っている。警戒していたウィリアムはそのことを敢《あ》えて尋ねるような真似《まね》はしなかった。

「その日と前後するようにして急に強くなったという噂《うわさ》が広まっていますが、本当ですか？」

「だ、だったらどうなんだよっ⁉」

自らの核心に迫るような質問をされ、ウィリアムは動揺していた。

カノンの狙いが読み切れなかったからだ。

「学園で噂になっている伝説の指輪を手に入れませんでしたか？」

ふと尋ねられ、ウィリアムは右手の人差し指に嵌《はま》った指輪を見やる。

「その反応、どうやらあなたには心当たりがあるようですね。その指輪、もしや超越の指輪ではないのですか？」

「お前、この指輪について何か知っているのか？」

（そういえばこの指輪のことって、喋《しゃべ》ったらよくないんじゃないか？）

ウィリアムの疑問に、レインが答える。

『あまりいいことではありませんが大丈夫でしょう。みなさん、よくある噂の類と考えているようですし』

「よければ少し見させてもらっても？」

「あ、ああ」

この冴《さ》えない指輪を王族が盗むことはないと思い、ウィリアムは指輪を渡す。カノンが何度か指輪を嵌《は》めてみたがなにも感じなかったようだ。

「ふむ、なにも変化がないようですね。残念です」

カノンから返してもらった指輪を受けとったウィリアムが、なんなんだこいつは、と言動が予測できないカノンに警戒を強める。

ウィリアムたちが正門を潜ると、ウィリアムの姿に気づいた学園生たちがひそひそと噂話《うわさばなし》を始める。

最弱兵器の二つ名で知られるウィリアムは国中の笑いものだ。

「おやおや、噂には聞いていましたが、ウィリアムさんはずいぶんと人気のようですね。

このような周囲の声は気にならないのですか？」

「まあな、ずっと言われているからもう慣れてるよ」

「そんなことを言って、本当は憎んでいるのではありませんか？　それこそ機会があったら殺害したいほどに」

こちらを見るカノンの目が異様に鋭くなったような気がした。

「どうでもいいやつのことなんて気にしたりしねえよ」

面倒だな、と思いながらウィリアムは本音で答える。

「お前さ、物騒なことを言ってるけど気を付けたほうがいいぞ。王族がおっかないことを言うと気にするやつもいるかもしれないからな」

「えっ、は、はい。そうですね」

ウィリアムの答えが意外だったのか、カノンが呆気《あっけ》にとられた返事をしてきた。

こいつ、いったい俺を何だと思っているんだ？

校舎の入り口まで来たウィリアムはここでカノンと別れようとする。

「じゃあ俺はこれで」

「ま、待ってください。せっかくですからこの機会に友達になりましょう。わたくしと友達になってください」

「えっ、俺とか？」

警戒中のウィリアムは悩むことなく答える。

「やめといたほうがいいぞ。俺は嫌われ者だから。じゃあこれで」

「ま、待ってくださいウィリアムさん」

ウィリアムは別れようとしたが、カノンに上着の裾を掴《つか》まれたので離れられなかった。

「路上で動けずにいたわたくしを助けてくださったのがあなたです。あなたが嫌われ者かどうかなどわたくしは一切気にしません」

「いや、俺が気にするから。じゃあこれで」

今度こそ大丈夫だろうとウィリアムは別れるのだが、カノンは執拗《しつよう》にウィリアムに付《つ》き纏《まと》ってくる。

「わたくしは気にしません。さあ、これでわたくしはウィリアムさんの友人です。せっかく友人になったのですから、教室までご一緒させてください」

強引に自分との距離を詰めてくるカノンを前に、ウィリアムは危機感を覚えていた。


朝、教室前にて。

「来たか、ウィリアム」

階段を上ったウィリアムが踊り場に差しかかったところ、この国の王太子であるレオナルト・ユークリウッドが声をかけてきた。

状況から察するにウィリアムが登校してくるのを待っていたと見るべきか。

レオナルトの声を聞いた直後、ウィリアムの隣を歩いていたカノンがさっとウィリアムの背中に隠れる。

「お前に大事な話があるんだ。じつは少し困ったことになってな。どういう事情か知らないが、あいつがお前に関心を持っているようなんだ」

「誰だよあいつって？」

「決まっているだろう、わたしの妹だ」

微塵《みじん》の迷いもなくレオナルトはウィリアムが全てを悟っている前提で話しかけてくる。

実際のところウィリアムはほとんど知らないのだが、一部の学園関係者たちはウィリアムを真の実力者だと思い込み、自分の知っていることは知っていて当然といった調子で関わってくる。

いや、決まってないだろ。

そう思ったが、指摘しても無駄だと思ったのでウィリアムは声に出さなかった。

レオナルトは、ウィリアムがベヘモスを討伐した功績を隠すためにセシリーに譲ったという裏事情を知っている。なので、ウィリアムは真の実力者であるというフィルターが強くかかっており、誤解を解こうとしたところで通じないのだ。

「気をつけろよウィリアム。あいつはどうも王家でさえ全貌を摑めない組織と繫《つな》がりがあるらしい。そのことを公言したことはないが、裏があることは確かだ。お前ほどの実力者ならもう気づいているとは思うが、あいつは力を隠している。じつはあいつの——」

「あら、なんの話ですかレオ兄様」

ウィリアムの後ろに隠れていたカノンがひょこっと姿を現した。

「な、なぜお前がここにいるっ⁉」

「いきなり酷《ひど》いですわレオ兄様。わたくしが路上で歩けなくなっているところを、ウィリアムさんに助けて頂いたので一緒にいるだけです」

「お前は一年生だろ。こいつには俺が礼を言っておくからとっとと教室に戻れ」

学年が違う以上教室も異なる。ユークリウッド魔導学園では、学年ごとに教室のある階が異なっており、一年生の教室には一階が割り当てられている。つまりカノンは階段を上る必要など一切なかったというわけだ。

「あら、そんな失礼な真似はできません。それに、わたくしはウィリアムさんのことをよく知りたいと思っていますから」

そう言ってカノンはウィリアムに微笑《ほほえ》んできた。

兄に詰められてもこのふてぶてしさである。ウィリアムはカノンのことを、相当面の皮が厚いんだろうな、と思う。

「そういえばわたくし、今日付で二学年の、ウィリアムさんと同じクラスに編入されることになったんです。詳しくは学園長にご確認ください」

「どういうつもりだ？」

「ふふっ、レオ兄様には関係のないことです」

そう言ってカノンはウィリアムの腕に寄り添うように体を寄せ始める。女の子の甘い香りがふわっとウィリアムの鼻腔《びこう》をくすぐるが、こいつ絶対に厄介ごとを抱えているだろ、という考えのウィリアムは顔を引きつらせていた。

『ウィリアムさん、鼻の下を伸ばさないでくださいね』

（そんなことするわけないだろ、なんだか面倒臭そうな相手に目をつけられているのに）

ふと気になったウィリアムはイリスたちに尋ねる。

（そういえば、カノンはお前らの言う世界の裏側の連中だとは思わないのか？）

『本当に強い相手なら見ただけでわたしたちの肌がひりつくだろう。それより下の強さの

者だと注意しないと判断つかないし、興味が湧かないな』

英霊クラスとなれば、ウィリアムとは捉え方が根本的に違うようだ。

俺は絶対クロだと思ってるけど、イリスたちが疑ってないならそれでいいや。

教室に入りクラスメートたちから奇異と羨望《せんぼう》の眼差《まなざ》しを向けられながら、ウィリアムが席に着こうとする。その結果カノンの密着からは解放されたが、次にウィリアムを待ち受けるのはカノンからの核心に迫る質問だった。

「ところでウィリアムさん、東部でご活躍なさったという噂を聞いたのですが本当でしょうか？」

「と、東部で活躍っ⁉　な、何の話だそれっ⁉」

こいつ、俺がベヘモスを倒したことを知ってるのかっ⁉

ウィリアムが後ろからついてきたレオナルトに目線を向けると、レオナルトは慌てて首を横に振った。

どうやらレオナルトから漏れたわけではないらしい。だとすれば現場を目撃した兵士たちからだろうか。

「ずいぶんと思わせぶりなやりとりですね。断っておきますが、わたくしの前で嘘《うそ》は通じません。やはり最弱兵器という噂《うわさ》とあなたの実力は比例していないようですね」

動揺から嘘を見破られたウィリアムは気が気でなかった。

こいつは裏の事情を知っているうえに、使えるものはなんでも使って俺に近づいてきているようだな。絶対に仲良くなりたくない相手だ。

そんなときセシリーが登校してきたので、ウィリアムは迷わず声をかける。

「ちょうどよかった。セシリー、こっちに来てくれ」

「どうしたのよ？」

怪訝《けげん》そうな表情で近づいてきたセシリーを、ウィリアムは紹介する。

「俺じゃなくて、こいつがベヘモスを倒したんだよ」

「朝からなんの話をしていて……カノン殿下っ⁉　ど、どうしてこちらにっ⁉」

王女が朝から自分の教室にいることに、セシリーは面食らったようだ。慌ててカノンに対して頭を下げる。

「かまいません。ここは学園です、顔を上げなさいセシリー・クライフェルト」

げっ、普段はこういう態度なのかよっ⁉

自分に接するときとは違う毅然《きぜん》とした対応に、カノンが思いっきり猫を被《かぶ》っていたことをウィリアムは確信する。

「カノン殿下、伺わせてもらいたいことがあります」

「ここではあなたが先輩なのですから、敬称は要りませんよ」

「では……カノンちゃん、どういった用事なの？」

「ウィリアムさんとお近づきになりに来たんですよ」

「……わかったわ。ウィルと少し話し合いたいから離れてもいいかしら？」

「かまいませんよ」

「俺も行こう」

教室にカノンを残し、ウィリアムたちは揃《そろ》って廊下に出た。

「なにをやった？」「なにやったのよ？」

開口一番に二人から尋ねられ、ウィリアムは困惑する。

「ぜんぜん心当たりがないんだって。通学途中になぜかカノンが倒れてたんだ」

経緯を説明すると、裏があることは二人ともすぐに理解してくれた。そしてカノンが動いた理由はベヘモスの件に絞られる。その結果三人の間では、カノンはウィリアムの実力に関心があり近づいてきたと想定された。

「どうやらウィルが完全に目を付けられたようね。原因は王族内での王位継承争いなのかしら？　ウィルを味方に付けたら、あなたに代わって王太子になれたりするの？」

「いいや、カノンは王位に関心はない。あいつは昔から変わっているからな」

「どう変わっているの？」

「城内の噂によれば、カノンはともすれば優れた魔導士や為政者としての資質があるかもしれないそうだ。だが、なぜかその能力を表だって発揮することはない。そのうえ昔から陰でこそこそ動く癖があって、なにを考えているかは俺もわからん」

「陰でこそこそって、なにをやっているんだよ？」

「王家でも全容を把握できないような組織と繋がりがあるらしい。俺も調べさせてみたが、詳細はよくわからなかった。だが、あいつは歪《ゆが》んだ心根の持ち主というわけではないから、いまは様子を見ている」

王家でも把握できない組織と聞いたウィリアムの脳裏では、世界の裏側にいる組織が浮かんできた。

イリスたちは相手を実力で判断しているようだが、ウィリアムの物差しではカノンは世界の裏側にいる者たちの一人であると決まり、思わずつぶやく。

「まずいな」

「なにがまずいの？」「なにがまずいんだ？」

「い、いや……こ、こっちの話だっ⁉」

真の実力者フィルターがかかってしまったせいで、セシリーとレオナルトは事態を深刻に捉えてくれたようだ。

「俺たちのほうでもできる限りのことはする。とにかくお前はカノンの注意を引かないように気を付けろ。接触を避けるんだ。その間、俺たちはどうにかしてカノンがお前の使命の邪魔にならないようにする」

「わたしも同意見よ。でも、カノン殿下はウィルに接触するためにわざわざ通学路で倒れて待っていたくらいなんでしょ。しかも権力を駆使してウィルと同じクラスに編入してくるくらいだし、相当な執念の持ち主よ。授業中に絶対になにか仕掛けてくるはずよ」

「ちっ、それもそうか。問題だな、授業にかこつけてウィリアムに干渉するとなればいくら俺たちでも防ぎきれん」

珍しくいい意味でフィルターが作用し、セシリーとレオノルトが頭を抱え始める。そのタイミングでウィリアムは口を挟んだ。

「いや、特に問題ないんじゃないか」

「どういう意味だ？　あいつはお前が学園にいる限り纏《まと》わりついて探りを入れてくるつもりだぞ」

「だって俺、学園にいるほとんどの間サボっているぞ。場合によっては、仮病で学園を早退するくらいだし」

「…………お前はそういうやつだったな」「…………あなたはそうだったわね」

「ま、朝と放課後だけ気を付ければ、なんとかなりそうってわかって助かったよ」

思わぬ解決策が浮かびウィリアムは景気よく、セシリーとレオナルトは、なんだかなー
といった表情で教室に戻った。

「どうやら話し合いは終わったようですね」

「まあな」

「今日から同じクラスです。これからよろしくお願いしますね、ウィリアムさん」

「ああ。こちらこそ」

そう言って二人は心にもない握手を交わす。

……その後、授業が始まった。カノンは授業にかこつけてウィリアムとの距離を詰め、
彼の本性を暴《あば》くための謀略を巡らせていたのだが……。

あら、ウィリアムさんの姿が見当たらない？

一限目の魔導史はもとより、二限目の魔術実習も、三限目の体育も、四限目の薬草学に
おいてもウィリアムは授業に顔を出さない。しかも教師もクラスメートも、ウィリアムが
いなくて当たり前のように振る舞っている。

四限目の薬草学の際、ついに我慢できなくなったカノンが椅子から立ち上がって叫んだ。

「ど、どうしてウィリアムさんがいないんですかっ⁉」

午前の終わり頃、保健室にて。

カノンが椅子から立ち上がって叫んでいた頃、ウィリアムは保健室のベッドで横になっていた。

ふぅ、これで面倒ごとを避けられたようだな。

カノンへの対処に成功したウィリアムは完全に油断しきっていた。だからこそ、すでに保健室に入ってきていた脅威への対応が遅れる。

ウィリアムが侵入の気配に気づけたのは、ベッドの仕切りとなるカーテンがさーっと音を立てて開かれたときだった。

「おい、ここは使用中――」

「こんなところにいるとは思わなかったぞ、ウィリアム」

担任教師のメイア・ベルクートが息を荒くして、血走った目をこちらに向けていた。

「あ、あんた絶対に俺のことを捜し回ってただろっ⁉」

突然の事態に戸惑いながらも、ウィリアムはしっかりと抗議した。

じつはここ最近とある理由からメイアに付き纏われていたウィリアムは、すでにメイアの用件に察しがついているのだ。

「そんなことはどうでもいい。それより学園代表選抜戦の件はどうなったっ⁉」

気迫のこもったメイアの言葉を聞き、やっぱりその件か、とウィリアムは呆《あき》れ顔《がお》になる。

『学園代表選抜戦ってなんのことよ？』

ソフィアに尋ねられ、ウィリアムはしぶしぶ説明する。

（た、たしか学園で一番強い魔導士を決めるためのトーナメントらしいぞ）

『ほう、つまり最強を決める戦いか』

『面白そうだね』

こ、こいつらに興味を持たせるのはまずいっ⁉

（で、でも、お前たちの弟子である俺がそんなものに出場するのはダサいだろ。俺だけ千年前の英霊たちの指導を受けているから、優勝したところで胸を張れないじゃんか）

『ふむ、たしかにそうだな』

よし、これでどうにかなったはずだっ⁉

実際は単なる学校で一番強い魔導士を決めるための場ではないが、イリスたちの気を逸《そ》らすことに成功したので黙っていれば問題ない。

「なぜキミは学園代表選抜戦に出場しようとしないんだ？　これまで何度も声をかけたが『考えときます』とか『わかりました』などと曖昧な返事しかしないじゃないか。キミほどの実力者が世の中に出てみろ、世界がキミに注目せずにはいられなくなるぞ」

それは一般人であればとてもありがたいことなのだが、出世栄達に関心のないウィリアムにとってはどうでもいいことだった。

「なんだか面倒くさそうなことに、わざわざ俺が出場するわけないじゃないですか」

「ふむ、どういうわけか知らないがキミには真の実力を隠す必要があるんだったな」

「いや、そういうわけじゃ——」

「誤魔化すな。こう見えてわたしも教師になる前は世界最強に憧れていた身だ。最強の頂を持つ者の使命を少しは理解できる。おそらくキミはあまりに強力な力が周囲へ悪影響を及ぼすのではないかと心配しているのだろう」

げっ、どや顔で見当違いなことをっ⁉

この場でもウィリアムが真の実力者であることを知る者による、壮大な勘違いが繰り広げられる。

「だが、キミの力はいつまでも隠し通せるものではない。いや、隠すことが人類にとって損害にすらなりうる。キミはもっと真剣に自分の才能に向き合うべきだ。周りから羨望《せんぼう》の視線を向けられることを恐れるなウィリアム」

「だ、だから大袈裟《おおげさ》すぎですよっ⁉」

「なにが大袈裟なものか。キミの実力なら学園代表選抜戦を勝ち抜くなど簡単なことだ。その後世界中の多くの人間が見ている前で、キミの実力を発揮するんだ。想像してみろ、世界中の若者たちが最弱兵器であるキミの実力に舌を巻く未来を。キミを最弱兵器と侮《あなど》っていた者たちが己の愚かさを後悔し、キミを追放した実家の連中が頭を下げて詫《わ》びを入れ――」

滔々《とうとう》と語りだしたメイアを前に、ウィリアムは頭痛がした。

これ以上注目を浴びて万が一覚醒者たちに目をつけられるようなことがあれば、取り返しのつかないことになるからだ。

ウィリアムは一言断って保健室をあとにする。

「急用を思い出したので失礼します」

「ま、待てウィリアムっ⁉　ま、まだ話の途中だぞっ⁉」


昼休み、教室にて。

どうしてこんなことに、わたしの計画は完璧だったはずなのに……。

情報収集に支障を来たしているカノンが唖然《あぜん》としていると、レオナルトが勝ち誇ったように声をかけてくる。

「残念だったな。お前がなにを考えているかはわからないが、あいつは一筋縄ではいかないぞ」

真面目だけが取り柄の兄を無視して、カノンはレオナルトの傍《そば》にいたセシリーに尋ねる。

「どうしてウィリアムさんがいないのですか？」

「その……ウィルは授業を受けないんです」

「受けない？　それは授業を免除されているということですか？」

「いえ、サボっているだけです。入学してからずっと」

「えっ⁉」

申し訳なさそうに口にするセシリーを前に、カノンは思わず椅子から転げ落ちそうになった。

その話が本当なら権力を濫用して、わざわざウィリアムと同じクラスになった意味がなくなってしまう。

「ウィ、ウィリアムさんは相当なサボり魔のようですねっ⁉」

「あ、あははは」

目の前で申し訳なさそうに引きつった笑みを浮かべるセシリーを見て、カノンは作戦を変更する。

本来ならばわたくしがウィリアムさんに取り入って情報を得る予定でしたが、それができない以上セシリーさんから情報を得たほうがよさそうですね。

人知れず不敵な笑みを浮かべた後、カノンは情報を入手しようとする。

「ところで伺わせて頂きたいことがあるのですが、ウィリアムさんがお名前を変えたという話をご存じですか？　なんでも最近はノアブラッドではない姓を名乗っているそうですが」

「ええ、知っています。ウィルは実家を追放された身ですから、実家のことをあまりよく思っていないんです。最近だとどういうわけか、ハイアーグラウンドという姓を名乗っています」

「ハイアーグラウンドですか。王国にそのような貴族はいないはずですが。どういう謂《いわ》れがあってのことか知っていますか？」

「それがわたしたちにもよくわからないんです。誰かに名付けてもらったらしいんですが、それが誰なのかはわたしにも教えてくれないんです」

「なるほど、それは妙ですね。最弱兵器に姓を与える貴族がこの国にいるとは思えません。ウィリアムさんに姓を与えたのは訳ありの人物で間違いないでしょう」

たとえば覚醒者なら、ウィリアムさんに力とともに姓を与えたとしてもおかしくはありませんね。あの最弱兵器が急に強くなった理由もそれなら説明がつきます。

カノンはさらに思考を巡らせる。

わたくしの仲間たちもちょうどいま情報収集をしてくれているようですし、わたくしも手ぶらというわけには参りません。ここが頑張りどころですね。

「お前、なにを考えている？」

「あら、レオ兄様には関係ないことです」

覚醒者の存在を知らないレオナルトを、カノンはやんわりと拒絶する。

世界の裏側で生きる人間が世界の表側で生きる人間を巻き込むべきではない、というマギアの基本原則に基づく行動だ。

ウィリアムとの接触を諦めたカノンは、彼をよく知る人物に顔を向けて微笑《ほほえ》んだ。

「セシリーさん、せっかくですから今日のお昼はご一緒してください」

「はい、かまいません」

セシリーからの同意を得られたカノンは、昼休みに中庭で食事をしながら談笑をしていた。セシリーの口調は立場を弁《わきま》えたものに戻っているが、カノンは気にしなかった。傍《かたわ》らにはいつの間にか、カノンと同じマギアに所属する三年生が護衛のように控えている。

「では、ウィリアムさんは実家と没交渉だということですか」

「はい、間違いありません」

学園に通うのはノアブラッド家の意向ではない。しかも、実家から追放されたのが本当のことであることは疑いの余地がないらしい。

じつはウィリアムは裏でノアブラッド家と繋《つな》がっており、家門の繁栄のために暗躍する隠し駒、という可能性はこの時点でほぼ否定された。

そしてこの段階になり、カノンはさらなる違和感を覚えていた。

自らが予想したウィリアムの人物像と、セシリーから聞いたウィリアムの姿が一致しない。それどころか話を聞いた限り、ウィリアムは単なるダメ人間にしか思えないのだ。

そこでカノンは別のアプローチを試みる。

「セシリーさん。もうひとつ質問があります。ウィリアムさんは爵位や位階といった社会的地位に関心はありますか？」

ウィリアムが覚醒者なら今後立身出世を果たして、人類社会を権力で支配しようとするはずだ、という観点からの質問だ。

「なぜそのようなことを訊《き》くんですか?」

友人の情報を執拗《しつよう》に尋ねられ、セシリーが警戒するのはもっともなことだった。そこでカノンは重大な情報を隠しつつ、本当のことを口にする。

「魔導士団の所属ですのでセシリーさんには特別にお話ししますが、わたくしはとある理由からウィリアムさんのことを調査しています。その関係でいまの質問の答えが必要なんです」

曖昧な答えだったが、こちらの誠意が通じたようでセシリーは首肯する。

「わかりました。ウィルについてですが――」

続く話を聞き、カノンは思わず目を瞠《みは》った。

「では、ウィリアムさんは権力にはまったく興味関心がないということですかっ⁉」

「ええ、あくまでわたしの知る限りですが」

セシリーの話によると、ウィリアムは学園ではほぼ授業をサボっており、コネ作りや功績を上げようとする気配は一切ないとのことだ。

ウィリアムが覚醒者であるという予想を裏切る内容に、否、それどころか人間としてあまりにもクズな実情を聞き、カノンは絶句する。

「あの……驚いているようですがどうされたんですか?」

「いえ、わたくしの予想ではウィリアムさんは権力に興味があるような気がしましたので」

「あははは、ウィルの性格でそれはありえませんよ。むしろウィルは権力なんていう面倒ごととは無関係でいたいと考えるはずです」

あっけらかんとしたセシリーの態度に、カノンは嘘偽《うそ》りがないと判断せざるを得ない。

「他にカノン殿下が訊きたいことはございますか？」

「いえ、ありません」

「でしたら、わたしはここで失礼します」

昼食と談笑を終えたセシリーがこの場を去っていくのと入れ替わりに、学園でウィリアムについて情報収集をしていたマギアの仲間たちが集まってくる。

「どうでしたか？」

「はっ、わたしたちが調査したところウィリアムが覚醒者であるという痕跡を見つけることはできませんでした。それどころか、どうも我々の想定した人物とは乖離《かいり》しているようです」

仲間たちからの報告を一通り聞き、カノンはついに結論に至る。

「なら、ウィリアムさんは本当に覚醒者ではないということですか」

放課後、廊下にて。

ふぅ、なんとか面倒ごとは回避できたようだな。

カノンの件と学園代表選抜戦の件、双方ともに不穏な兆《きざ》しではあったが、結果としてこの日は何事もなく放課後になり、ウィリアムは上機嫌で下校しようとしていた。

その際、校舎の入り口で制服の上着を保健室に忘れていたことに気づき、イリスたちに呆《あき》れられながら、ウィリアムがレインだけを連れて保健室まで取りに戻ったあとのことだ。

『入り口でイリス様たちを待たせています。早く戻りましょう』

(ああ、わかっているよ。ったく、勝手に学園についてきたのはあいつらだろうに)

保健室まで戻るのを面倒くさがったイリスから、

『わたしたちはここで待っているから、とっとと取ってこい』

と叱責された件に不満があるようだ。

『ふふっ、それだけウィリアムさんのことを大事に考えていらっしゃるんですよ』

(どうだかな)

などとウィリアムがぼやきながら廊下を歩いていると、眼鏡をかけて穏やかな顔をした、学園の教師らしき中年男性と出くわした。

「おや、あなたは……」

その人物があまりにもこちらを凝視していたので、ウィリアムは怪訝《けげん》そうに尋ねる。

「どうかしたんですか？」

「いえ、なんでもありません」

最弱兵器と遭遇することなどこの学園ではありふれているはずだが、まあこういうこともあるだろう、と思ったウィリアムはレインとともに小走りで校舎の入り口まで戻る。

『遅いぞ、なにをしていた？』

(知らないおっさんに絡《から》まれたんだよ)

叱りつけてくるイリスに文句で返しながら、ウィリアムが下校を再開する。そんなウィリアムの傍では、イリスが難しい顔で唸《うな》っている。

『むぅ、わたしの予想では歴史の裏で暗躍してきた連中がそろそろお前に接触してくるはずだったんだが。お前の感覚でなにか変化の兆しのようなものはなかったのか？』

(い、いいや。と、特にはなかったなっ⁉)

ウィリアムは焦《あせ》った様子で返事をした。

怪しいと言えば、わざわざこのタイミングで接触を図ってきたカノンの件だが、それはウィリアムが牙を持たない小動物の目線で物事を捉えているから気づけるのであって、イリスたちのようないわゆる百獣の王からすれば脅威として認識されていない。

ま、気づけなかったこいつらが悪いんだからいいか。

『世界の裏側にいる方々が、ウィリアムさんの存在に気づかなかった可能性もあるのではないでしょうか？』

『いいえ、歴史の裏で暗躍できるほどの組織ならウィリアムの功績に気づいているはずよ』

『なのに先方から接触がないのはウィル君が侮《あなど》られているってことなんだよ。気に入らないよね』

『ふんっ、わたしたちの弟子を侮るなんていい度胸だ。どうにかして過小評価したツケを払わせてやる』

ちょ、ちょっと待て、この流れはまずいっ⁉

こほんと咳払《せきばら》いをしたあと、ウィリアムが意見を述べる。

（おい、なんだか盛り上がっているところに水を差すけど、世界の裏にいる連中が俺に会いに来ないなら好都合じゃんか。覚醒者との戦いを、俺たち抜きで終わらせてくれるかもしれないだろ）

『それはない。もしお前が関わらずに戦いが終わるときが来るのであれば、それは人類が滅びを迎える時だけだ』

イリスが本心で言っているのがわかったからこそ、ウィリアムは身震いした。

そんなとき、聞きなれた声が耳に入る。

「なにしてるんだよメイアちゃん」

「馬鹿者、教師をちゃん付けで呼ぶな。ウィリアムを捜しているんだが見かけていないか？」

校門のほうに目をやると、メイアがウィリアムの悪友であるゼスに質問していた。

どうやらウィリアムが下校するタイミングを狙って待ち伏せしているらしい。

げっ、まだ諦めてなかったのかっ⁉

どうやって切り抜けるかウィリアムが思案し始めた矢先、ふとウィリアムに声をかける者がいた。

「ウィリアムさん、伺わせてもらいたいことがあります」

「きゅ、急にどうしたんだよっ⁉」

不意にカノンが現れたことで、ウィリアムは激しく動揺した。

「あなたは学園代表選抜戦に出場するつもりはないのですか？」

「あるわけないだろ、面倒臭いだけじゃんか」

なんでこいつがこんなどうでもいいことを訊いてくるんだ？

わけがわからずウィリアムは素で返事をしていた。

「どうやら本当に興味がないようですね」

じーっとこちらの様子をうかがっていたカノンがぽつりとつぶやいた。

「正直意外でした。わたくしは学園代表選抜戦で優勝し、大魔導祭典に出場するつもりでいたのですが、あなたを警戒していたのです」

「ま、ただの学園の行事なんてどうでもいいからな」

ほっと安堵《あんど》したウィリアムの発言を、カノンが訂正する。

「ご冗談を。大魔導祭典がそのような単純なものでないことは誰もが知るところです。大魔導祭典とは、あらゆる国家の柵《しがらみ》を越えて若手の世界最強の魔導士を決める場であると同時に、世界中の権力争いの場でもあります。つまり、世界中に存在する多くの魔導士たちが自らの弟子を送り、世界最強の名誉を懸けて鎬《しのぎ》を削る場です。そこで優勝した者は、今後世界を導く者として大きな影響力を持つことになります」

えっ⁉　ちょ、ちょっと、なに言っちゃってんのっ⁉

最後の最後でウィリアムが油断した直後、事態が急変する。

『ほう。ウィリアム、お前から聞いていた話とはずいぶんと違うようだな』

『どこが単なる学園の行事よ。あらゆる権力の絡んだ、世界最強を決める大舞台じゃないのよ』

『それで優勝すれば、世界の裏側にいる連中もウィル君のことを無視できなくなるね』

「ちょ、ちょっと待てよっ⁉　お、俺の力を公にするのは避ける方針じゃないのかっ⁉」

『覚醒者たちの計画を潰したせいで目をつけられるのを避けたかったから、あんたの功績をセシリーに譲らせただけよ』

『そういうこと。覚醒者と関わりがないなら問題ないんだ。だから表の舞台で派手に暴れる分にはかまわないよ』

「えっ⁉　そ、そうだったのかよっ⁉」

　突如として虚空《こくう》に向かって喋《しゃべ》りだしたウィリアムを見て、カノンが眉間に皺《しわ》を寄せる。

だが、ウィリアムには周囲の目を気にする余裕は一切なかった。

『ここ最近お前は弛《たる》んでいたからな。大魔導祭典で優勝するとなればいまより強くなる必要があるし、世界の裏側の連中から舐《な》められた借りも返せる。いいことずくめだな。流石《さすが》に優勝した際には覚醒者たちにも目をつけられるだろうが、いずれにせよ覚醒者との戦いは避けられん。それに、優勝したときにはお前にもそれなりの実力が備わっているはずだろうしな』

「い、嫌だっ⁉　俺は出ないぞっ⁉　わざわざ面倒ごとに首を突っ込むなんて真似《まね》をするもんかっ⁉」

「どうしたのですかウィリアムさん？」

「えっ、い、いや。な、なんでもないっ⁉」

カノンに尋ねられ、はっと我に返ったウィリアムは何事もなかった体を取り繕う。

「今年はわたくしが入学したこともあって、学園の代表枠はわたくしが頂こうと考えていたところです。じつはさる筋から失われた秘術を手に入れ、わたくしは聖人と呼ばれる特別な存在になれるのです」

『せ、聖人っ⁉　まさかこの時代に存在しているのですかっ⁉』

『落ち着け。わたしたちが知っているそれと同じものだとは限らないぞ。いまは千年後の世界だ』

ウィリアムが聞きなれない単語を耳にした際、普段は大人しいレインが急に声を荒らげ、イリスから注意されていた。

「なあ、その聖人っていうのは――」

急な展開についていけなかったウィリアムが情報を整理しようとした矢先、突如として体の自由が利《き》かなくなった。

「ひとつ訊《き》きたいことがあります。聖人とはいつの時代に生み出された術式かご存じでしようか？」

（げっ、レインっ⁉　なんで俺の体を勝手に――）

『レインはいま大事な話をしている、黙って聞いてやれ』

ウィリアムが事態を把握できないまま状況は推移していく。

「おや、興味があるようですね。まずはせっかくですから披露して差し上げます。これがわたくしの手に入れた奇跡の力です」

カノンがその手に宿したのは、ウィリアムが見たことのない眩《まばゆ》いばかりの光の輝きだった。

「そ、その力はっ⁉　な、なぜその力がここにっ⁉」

「もしや、ご存じなのですか。これは遥《はる》か昔に失われたものとされていた千年前の聖女様が生み出した奇跡です。わたくしは世界最強となることで、世界中の人々にこの奇跡の力を広めようと考えております」

「ひ、広めるっ⁉　しょ、正気ですかっ⁉」

（お、おいレインっ⁉）

あまりの取り乱しようにウィリアムが思わず名を呼んだ。

『選手交代だ。レイン、お前は少し休んでいろ。宣戦布告するのはわたしの役割だ』

（ちょ、ちょっと待てっ⁉　お、お前はお前で何をするつもりだっ⁉）

ウィリアムの制止を無視して、今度はイリスがウィリアムの体の主導権を握った。

「おいお前たち、なにを騒いでいるっ！」

校門前で待ち伏せていたメイアが騒ぎに気づいたタイミングで、イリスが宣言する。

「気が変わった。学園代表選抜戦に出場することにする。手続きを頼む」

（ぎゃあああああああああああああああああああああああああああああああっ⁉）

絶叫するウィリアムの思念など聞こえるわけがなく、メイアは興奮冷めやらぬ様子だった。

「ようやくわかってくれたかっ！　大急ぎで手続きを済ませるからここで待っていろっ⁉」

参加申込書を取りにメイアが職員室に向かって走っていく。そんな中、一連の騒ぎから取り残されていたカノンが尋ねてくる。

「……なぜ急に学園代表選抜戦に出場しようと思われたのですか？」

「決まっている。お前の言う奇跡の力とやらをわたしが……いや、わたしの友が否定したがっているからだ」

「つまりこの力を広められると困るということですね。ですから、それを力ずくで阻止したい、と……」

イリスの説明を聞いたカノンがわなわなと肩を震わせていた。様子が妙だな、とウィリアムが感じたとき、カノンは険しい眼差《まなざ》しを向けてくる。

「ウィリアムさん、いえウィリアム・ノアブラッド。どうやらわたくしはあなたに騙《だま》されていたようです。聖人の名にかけてわたくしがあなたの企《たくら》みを阻止します。覚悟なさってください！」

二章　再始動

　翌日の放課後、ユークリウッド魔導学園にて。

「げえええっ、擦れ違う人全員に睨《にら》みつけられたんだけど」

「あれだけ盛大に宣戦布告すればそうなるでしょ。二学年の一部しかあなたの実績を知らないんだし」

　闘技場に向かって歩いているウィリアムが迷惑がっていると、隣を歩くセシリーから的確な指摘を受ける。

　どうやらウィリアムが聖人の力を否定する現場に、セシリーは居合わせていたらしい。

　あれは俺じゃなくてイリスがやったことなんだよ、とウィリアムは内心で嘆く。ちなみに、宣戦布告をした当人はウィリアムの傍《そば》で澄まし顔をしていた。

「げっ、放課後だっていうのに闘技場にこんなに人がいるのかよ。放課後なんだからとっとと家に帰ればいいのに」

　闘技場前に辿《たど》り着《つ》いたウィリアムは学園生の多さに呆《あき》れた。

「みんながウィルみたいに放課後は真っすぐ帰宅するわけじゃないのよ。それに、今日から始まる学園代表選抜戦を観《み》ずにはいられないんでしょ」

学園代表選抜戦は、学園生同士がトーナメント形式で魔導を競い合う一大行事だ。行事といっても全学年任意参加の特別な催しであり、年間履修要綱には組み込まれてはいない。そのため学園生たちは放課後に互いに試合することになり、二週間という長期に亘《わた》る選考期間が必要になる。

なんの因果で俺がこんなものに出なくちゃならないんだろうな。

入り口でトーナメントの組み合わせと日程を確認しながら、ウィリアムは嘆いた。

面倒なだけの行事になんて関わりたくなかったんだけどな。

『ほう、カノンは初日に出場するようだな。ならカノンの聖人の力とやらがどれほどのものか確かめられそうだな』

『あたしたちの考えているものと同じなら、この時代の水準とはかけ離れていたものになるわ』

『敵を知り己を知れば百戦殆《あやう》からず、って言うしね』

二日連続でイリスたちも学園についてきており、なにやら考えがありそうな雰囲気である。

一方でレインは強張《こわば》った表情で闘技場を睨みつけており、ウィリアムは声をかけあぐねた。

「そういえばセシリーの名前がないけど出場しないのか？」

「わたしは学園代表選抜戦を免除されているのよ。ベヘモスを討伐した功績が評価されたお陰ね」

「そうなのか。ならレオナルトに頼んだら俺も免除にならないかな」

「言うだけ言ってみたら。わたしに脛《すね》を蹴られる覚悟があったらの話だけど」

「……やっぱやめとくよ」

むすっとしたセシリーから睨みつけられてたので、面倒ごとを押し付けておいてさすがに虫がよすぎたか、とウィリアムは反省する。

「ねえ、ウィルからカノン殿下に喧嘩《けんか》を売るなんていったいなにがあったの？」

「そ、それはだな……」

「理由を教えてもらえないの？」

「俺にも状況がよくわかっていないんだよ、不本意なことにな」

「なんだか要領を得ない話だけど、もしかしてまたなにか事件が起こるの？」

「東部の事件と同じようなことは起こらないとは思う、たぶん」

いくらセシリーから問い詰められたところで、事情を知らないウィリアムには答えようがなかった。

（なあレイン、いい加減理由を教えてもらえないのか？　なんでカノンの力を否定しなくちゃならないんだよ？）

『……聖人というのは、千年前にわたしたちが根絶させたはずの術式によって生み出される、特別な存在を指します。だからこそ、それはこの時代に……あってはならないんです』

（それがお前とどういう因縁があるんだ？）

『その……詳しい話をしたくありません。ご容赦ください』

（あのなー、言いたくないのはわかるけど説明してもらわないと困るんだよ。理由もなく戦うことになったらいくら俺だって戸惑うだろ）

『では、戦って頂けないということですか？』

（ま、まあサボれるならサボりたいんだけど、お前には大きな借りがあるからな）

思い切ってウィリアムは尋ねてみたが、徒労に終わってしまった。

聖人絡《がら》みなのはわかるけど、レインが頑《かたく》ななんだよな。魔族勢力は聖人にどんな因縁があるんだ？

かつてイリスたちと本気で向き合わなかったせいで後悔したウィリアムだからこそ、今回はレインの事情を知ろうとしたが難しいようだ。

「あれ、今日の試合はありませんよね。もしかしてわたくしたちの偵察ですか」

「ま、そんなところだよ」

闘技場の入り口で立ち止まっていたウィリアムたちに、ぞろぞろと仲間を引きつれたカノンが声をかけてきた。

「ああ、そういえばまだ紹介していませんでしたね。こちらは学園に通っている、わたくしの友人たちです」

カノンの言葉に続くようにして、友人たちが堂々と名乗りを上げる。

「昨日もお会いしましたね。学園で臨時講師をしています、ケイネス・アローです」

制服の上着を取りに戻った際に、遭遇した人物だ。

だから俺に注目していたのか、とウィリアムはこの段階になって悟る。続けて学園生の友人たちが口を開く。

「三年、生徒会副会長のジーノ・アッテンブルクだ」

「一年のクラウディオ・パッソだ」

「同じく一年のモニカ・カッセルです」

「ソーニャ・エインズワース、一年生よ」

それぞれが自信と覇気に満ちた相手であり、やる気なさそうにしているウィリアムとは対極的だった。

わざわざ友人と紹介してくるあたり、カノンにとっての特別な存在であることはウィリアムにもわかった。

「ジーノ先輩は万能の魔導士と呼ばれる秀才で、既に宮廷魔導士に内定しています。クラウディオ、モニカ、ソーニャは一年生ながら学園を卒業してもおかしくないほどの実力を身に付けています。ケイネス先生の指導の賜物《たまもの》です」

『ほう、お前の踏み台にはちょうどいい相手のようだな』

『ふんっ、あたしの弟子の凄《すご》さをあんたたちに思い知らせてやるわ』

『ふふっ、ウィル君を侮《あなど》ったことを後悔させてあげないとね』

げっ、イリスたちがやる気になってるっ⁉

カノンが挨拶に来たのは一種の示威行動のつもりなのだろうが、カノンの狙いとは違う意味でウィリアムは不安を覚えた。

「ところで、まだ引っかかることがあって確認しておきたいことがあります。あなたは礼拝堂の封印を解けなかった、ということで間違いありませんよね？」

「礼拝堂の封印？」

「どうやらご存じないようですね。この学園にある礼拝堂には開かずの間があるという噂《うわさ》があるんですよ。選ばれた者だけが入ることができるという話です」

（そんな場所があるのか。お前らなにか知っているのか？）

『心当たりがないわけじゃない。だが、レイン以外には意味のない場所だ。いまのところお前には関係ないから気にしなくていい』

「……ふーん、そんなものがあったのか」

知らない振りをしてウィリアムが口にする。ウィリアムがこれといった関心を示さなかったので、カノンの興味は薄れたようだ。

「ああ、それとあなたに伝言があるそうです」

「誰からだよ？」

「名前は教えられませんので、内容だけを伝えます。『聖女よ、わたしはあなたが犯した過《あやま》ちを知っているぞ』だそうです」

誰だよ聖女って？　とウィリアムがぼやこうとした矢先、

『なっ⁉　だ、誰がそのようなことを言ったのですかっ⁉』

またしてもレインが尋常ではない反応を示したため、ウィリアムが代わりに尋ねる。

「誰が言ったか教えてもらっていいか？」

「秘密です。わたくしはそう言えと言われただけなので。では、これで失礼します」

背を向けて去っていくカノン一行を見ながら、わからないことだらけのウィリアムは状況を整理しようとした。

（話がまったく摑《つか》めないんだけど、レインの代わりに誰か説明してくれないか？）

『レインが説明しない以上わたしも詳しく説明するつもりはない。だが、わたしたちの姿を見ることができる者がいるようだ。カノンたちの勢力には、覚醒者が一枚嚙《か》んでいると見ていいようだな』

「なっ⁉　なんだってっ⁉」

「きゅ、急に声を荒らげてどうしたのよっ⁉」

「な、なんでもないっ⁉」

セシリーに注意されたウィリアムは何事もなかったように平静を装《よそお》う。

（なっ⁉　いつの間にそんなきな臭いことになってるんだっ⁉）

『まだわたしたちも正確な状況を摑めていない。とりあえずお前は堂々としていろ』

（げっ、なんつー無茶苦茶な指示だよ。あのな、カノンに喧嘩を売ったのは俺じゃなくてお前たちだぞ）

とんでもない状況に巻き込まれつつあるウィリアムが抗議するが、数多《あまた》の修羅場を潜《くぐ》り抜《ぬ》けたイリスは平然と言ってのける。

『気にするな。いずれにせよ学園代表選抜戦に出場していたんだ、なら戦う運命にあったぞ』


闘技場。観戦席にて。

『さて、覚醒者がレインの存在を認知している点についてどう思う？』

『レインだけじゃなくてあたしたちの存在も見えているはずだから、戦いを避けた可能性はあるわね』

『でも伝言という形で伝えてきた辺り、レインと関わりがある人物であることは間違いないと思うよ』

『だとしたら、現時点では覚醒者の中でも使徒ではなく眷属《けんぞく》を想定するべきね』

『ああ、相手が使徒なら全盛期のわたしたち三人でも勝てるかどうかわからないからな。それと覚醒者がわたしたちの存在を認知しても仕掛けてこない以上、イグニスの説明も真実と仮定して問題に対処していくぞ』

これまで得られた情報からイリスたちが今後の方針を協議する最中、ウィリアムは頭を抱えていた。

あああああああああ、なんでこんなことになったんだっ⁉

普段ならこのような場合はサポーターであるレインがフォローをするのだが、レインは険しい表情で闘技場にある舞台の上を睨《にら》みつけている。ウィリアムのことまで気が回っていないようだ。

そのことに気づいたソフィアからウィリアムは叱咤《しった》される。

『こら、いつまで頭を抱えているのよ。そんなことより、これから始まるカノンの戦いをよく見ておきなさい。この時代に本物の聖人が受け継がれているのなら、いまのあんたよりカノンのほうが間違いなく格上よ』

強敵を前にして悩む自由など、百戦錬磨の英霊たちが許してくれるわけがなかった。

ウィリアムがしぶしぶ顔を上げると、舞台上ではカノンの試合が始まるところだった。

闘技場、舞台にて。

「それにしても、まさか最初の相手はレオ兄様だとは意外でした。普通王族同士はなるべく対決しないように配慮するものではないでしょうか」

レオナルトと対峙《たいじ》するカノンは余裕の表情を浮かべていた。対するレオナルトは毅然《きぜん》とした表情を崩さない。

「残念だが、学園は平等を謳《うた》っていてな。そのような配慮をすることはないんだ」

「あら、わたくしが聞いた話では、レオ兄様がわたくしと戦えるようにわざわざ学園長に要請したようですが」

「……一介の学園生に過ぎないわたしがそのような真似《まね》をするわけないだろう。そんなことより、お前はウィリアムとひと悶着《もんちゃく》あったようだな」

「ええ、それがなにか？」

「ウィリアムはお前の想像など及ばない相手だ。ちょっかいを出すな」

「残念ですが、それはできません。文句があるのでしたら、わたくしを止めてみてくださ い」

双方が腰の剣帯から騎士剣を抜き構える。

「始めっ！」

審判を務める教師から合図が出た直後、レオナルトが機先を制そうとする。

「手加減はしないぞ【ファイア・ボール】っ！」

レオナルトが放ってきた火球を、カノンは手にした騎士剣で斬り裂く。その直後、カノンは目を瞠《みは》った。なぜなら【ファイア・ボール】を目くらまし代わりにしてレオナルトが一気に間合いを詰めてきていたからだ。

「ずいぶんと積極的ですね」

「お前は黒い噂が絶えないからな、ウィリアムに近づかせるわけにはいかん」

予想以上にレオナルトに気合が入っているのは、ウィリアムの活躍によって東部で命を救われたことに恩義を感じているからだろう。

残念ですね。レオ兄様も世界の裏側の事情を知っていれば、ウィリアムによる自作自演の可能性に気づけたかもしれませんのに。

突然強くなった者が人類の危機を救って名を馳《は》せるのは、覚醒者による成り上がりの常套《じょうとう》手段だ。そのようにして名を上げた覚醒者が人類社会に浸透し、覚醒者の為《ため》に便宜を図るという実態があるのを、マギアで学ぶことができた。

ウィリアムが自分の功績を隠してセシリーに譲った理由は不明だが、その結果として王太子であるレオナルトから信頼を得たのであれば帳尻は合う。

レオ兄様を騙《だま》すとは、やはり油断ならない相手ですね。

「戦闘の最中に考え事とはずいぶんと余裕だな。だが、これでどうだっ！」

何度かの斬撃を交えた後、カノンに向かってレオナルトは【サンダー・ボルト】を放ってきた。レオナルトの指摘通り考え事に没頭していたカノンは、回避不可能の間合いで【サンダー・ボルト】を受け止めざるを得ない。直後、爆発が周囲を包んだ。

「やったか？」

爆煙の向こう側からレオナルトの声が聞こえ、カノンは僅かな笑みを零《こぼ》した。なぜならば、カノンの体には傷一つついていなかったからだ。

「ふふっ、少しはやるようですねレオ兄様」

「なんだその力はっ⁉」

眩《まばゆ》い光がオーラのようにカノンを包み込み、先ほどの攻撃を防いでいた。さらにいつの間にかカノンの背中には円環を描くように十本の光の剣が生み出され、まるで後光が差しているかのような印象を与えていた。

「ご存じないようなので教えて差し上げますね。いまのわたくしは聖人と呼ばれる存在です」

「聖人だと？」

「じつは千年前に失われたとされる魔術を再現することに成功したのです」

「馬鹿なっ⁉　王家の禁書庫にすら存在しない魔術をなぜお前が再現できるっ⁉」

「詳しい事は盟約によりお話しすることはできません。ですが、これだけは言えることが

あります。わたくしがこの魔術を発現した時点で、わたくしの勝ちは決まりました」

「はんっ、抜かせっ！　喰《く》らえ【サンダー・ボルト】っ！」

「無駄ですよレオ兄様」

カノンが右手と左手を前に出す。すると右手に炎の魔術が、左手からは風の魔術が生み出され、カノンは炎の魔術を風の魔術で押し出すようにして放った。

「む、無詠唱っ⁉　しかも、ご、合成魔術だとっ⁉」

自らの魔術が力負けすることを悟ったのだろう、レオナルトはすぐに横っ飛びする。その直後【サンダー・ボルト】を食い破った炎と風の合成魔術【ファイア・ストーム】はレオナルトがいた空間を焦がし尽くした。

「ちっ⁉」

あまりの凶悪さに舌打ちしたレオナルトが、魔術戦の不利を悟ったように間合いを詰めてくる。だが、それはカノンにとって想定の範疇《はんちゅう》を出なかった。

「接近戦なら勝てるとでも思いましたか？」

そう言い放つや否《いな》や、カノンの背から十本の光の剣が生み出され、それらは空中を自在に飛翔《ひしょう》しながらレオナルトに迫った。

「なにっ⁉」

次々と迫ってくる十の斬撃をレオナルトは迎撃したが、独自の軌道を描きながら迫る光の剣の連撃に耐え切れず吹き飛ばされた。

その隙を逃さず、カノンは宙を浮遊するようにして一気に間合いを詰めていた。

一層輝きが増した光のオーラに身を包んだカノンは防御力だけでなく、あらゆる身体能力が大幅に向上しているのは疑いようがない。

どうにか起き上がろうとするレオナルトを、カノンは光の剣で包囲しながら見下ろしている。この段階になってレオナルトも己の敗北を悟ったようだ。

「ちっ、降参だ」

レオナルトが敗北を認めた直後、それまで時を忘れていたかのように会場中から歓声が沸き上がった。


闘技場、観戦席にて。

「な、なんなのあの力はっ⁉」

これまでの常識とは一線を画す力にセシリーは険しい表情をしているが、ウィリアムの視線はそちらに注がれていなかった。

『本当に聖人化を成し遂げるだなんて……。あの力は呪いなのに……』

厳しい表情で悔しそうに下唇を噛《か》むレインを見て、ウィリアムは難しい顔をする。

どうやらレインたちが危惧した通りの力だったたらしいな。

このタイミングでウィリアムは、はたと気づく。

自分が学園代表選抜戦に出場する以上、いや、すでに結果として宣戦布告までしてしまった以上、いずれにしてもカノンとの戦いは避けられないことを。

も、もしかして俺はこれからあれと戦わなくちゃいけないのかっ⁉

現実離れした強さに思考がようやく追いつき始めたとき、ウィリアムはイリスたちに目を向けた。すると、

『ふんっ、あれでオーラか。形態変化の基礎止まりとは笑わせるな。わたしが使うオーラの足元にも及ばないレベルだぞ』

イリスはまるで粗末なものを見たようにつぶやき、

『合成魔術も拙いわよ。ぎりぎり及第点がもらえるレベルの合成がせいぜいといったところね』

ソフィアは腕を組みながら胸を張り、

『あの接近封じの光の剣、わたしなら目を瞑《つぶ》ってでも防げるものだよ』

ミオはあろうことか最早《もはや》訳がわからないことを誇らしげに口にした。

『よかったなウィリアム。カノンは間違いなく聖人のようだが、付け入る隙がないわけでもないようだぞ』

な、なんだかすごく嫌な予感がするんだけどっ⁉

不穏な流れを感じとったウィリアムは、すでに今後の流れについて予想がついてしまった。

『これでカノンの手の内はわかったな。ところで、これからお前はなにをさせられると思う？』

（む、無理っ⁉）

『はんっ、冗談は顔だけにしなさい』

『わかってるのに敢《あ》えて言わないのは、照れているからなのかな』

イリスたちによる、常識の範疇を著しく逸脱した修行の記憶が蘇《よみがえ》ってくるウィリアム。

人権を根本的に否定する修行の数々を思い出し、震えが止まらなくなった。

『今日からまた修行を始めるから、覚悟しておけよ』

「い、嫌だあああああああああああああああああああああっ⁉」

力の限り叫ぶとウィリアムは椅子から崩れ落ちるように倒れた。

魔導士としての実力は著しく成長しているが、精神面ではあまり進歩していないのだ。

「ど、どうしたのよウィルっ⁉」

ウィリアムが観戦席の通路で痙攣《けいれん》していると、セシリーが身を案じてくれた。その後、どうにか痙攣がおさまったウィリアムがのろのろと自力で椅子に戻った。

「なんだかわたしの知らない強さを持つ相手のようだけど、大丈夫なの？」

「たぶんな」

その言葉に嘘《うそ》はない。

どんなに強力な相手が現れようと、イリスたちがいれば立ち向かえるという確信がウィリアムにはある。

「どれくらいの勝算があるの？」

「俺にはわからないけど、師匠たちは勝つ気満々って感じだったな。たぶん戦えば勝てると思う。問題があるとすれば――」

いまにも泣き出しそうな、情けない表情でウィリアムが嘆く。

「これからする修行に、俺の体が耐えられるかどうかなんだよお～～～～～～～っ！」

「ふーん、その調子だと虚勢を張っているわけじゃないみたいね」

そう言って、こちらをじーっと見つめてくるセシリーが、何か言いたげにしていること

にウィリアムは気づいた。

「修行するってことは、ウィルの師匠には対抗策があるってことよね」

「どうしたんだ？」

「まあな」

師匠がいることをセシリーに伝えたのは今回が初めてだ。

「ウィルの師匠ってどんな人なの？」

「そうだな、一言で言うとまともじゃない」

「それはいい意味で？　それとも悪い意味で？」

「両方だ。よくも悪くもぶっ飛んでるよ」

「ふーん。お願いがあるんだけどいいかしら？」

「急にあらたまってどうしたんだ？」

「わたしがいまより強くなるにはどうすればいいのか教えてほしいの。ウィルの師匠にわたしの指導をお願いできないかしら」

セシリーの要望を聞き、ウィリアムは耳を疑ったように一瞬硬直した。その後、

「げっ、お、お前、なに馬鹿なことを言ってるんだっ⁉　しょ、正気かっ⁉　気は確かなのかっ⁉　し、しっかりしろっ⁉」

ウィリアムはセシリーの両肩を摑《つか》み、全力で揺さぶっていた。

「ウ、ウィルが落ち着きなさいよっ⁉　い、いきなりどうしたのよっ⁉」

「幼馴染《おさななじみ》が自殺しようとしているなら止めるだろ普通っ⁉」

「えっ、わたしが死ぬことが前提なのっ⁉」

「なっ、お前はあの修行を受けて生き残れる気でいたのかっ⁉」

噛み合わない会話に挫《くじ》けることなくセシリーが尋ねてくる。

「誰に師事しているのか訊《き》いてもいい？」

「わるいけど、それについては――」

イリスたちの複雑な事情を鑑《かんが》みてウィリアムはこの場で断ろうとする。しかし、イリスが待ったをかけてきた。

『待て、理由が知りたい』

（理由を知ったところで、お前らは指導できないだろ。霊体であるお前らの存在を俺以外には認識できないし、お前らは実体化すると魔力を消費しちまうんだから）

『その通りだが、条件によっては指導できないこともない。いずれにしても、なぜ強くなりたいのか理由が知りたいんだ』

イリスが真剣な表情をしていたので、ウィリアムは理由を尋ねることにする。

「どうしてそんなことを知りたいんだ？」

「どうしても言わないとダメ？」

「できれば教えてくれると助かるんだけど」

「……あ、あなたとの約束を守りたいからよっ⁉」

「えっ⁉」

赤面したセシリーにそう言われ、予想外の返事に戸惑ったウィリアムも思わず赤面した。

「せ、世間知らずの子供の頃にしたものだぞ。ま、守らなくたって気にしたりしないけど」

「でも、あなたは守ろうとしているわ。できることなら、わたしも守りたいの」

ウィリアムは恥ずかしさを隠すように頭の後ろを掻《か》きながらイリスに尋ねる。

（どうすればいいんだ？）

『いい覚悟だ。志ある者を無下にはできない。レイン、お前がセシリーの面倒を見てやれ』

『わ、わたしがですかっ⁉』

予想外の指示にレインが困惑する。

『ですが、わたしにはウィリアムさんのサポートが――』

『いいや、いまのお前はウィリアムには不要だ』

『えっ⁉』（えっ⁉）

厳しい言葉に、レインだけでなく、ウィリアムも驚いた顔をして固まる。

『いまのお前にウィリアムのサポーターは任せられない。一度ウィリアムから距離を取って、お前がこの時代にするべきことがなにかを考えろ。セシリーに指導する最中、お前も学べることがきっとあるはずだ』

『……わかりました』

イリスからの指示に、多少躊躇《ちゅうちょ》したあとレインは頷《うなず》いた。

（お、おい、いいのか？）

『しかたないわね。レインがずっと上の空なのは、あんたもわかっているでしょ』

『ウィル君に接するときは真剣じゃないとね。今日はウィル君に気を遣われていたくらいだからしかたないと思うよ』

こいつら、見てないようで見てるんだよな。

レインの件については、千年以上付き合いがあるイリスたちに任せて問題ない気がした。

『ウィリアムさん、話を合わせてください』

ウィリアムが頷いた直後、セシリーの背後で突如レインが実体化した。

「初めまして。わたしがウィリアムさんの師匠をしている、レイン・バートネットといいます」

「い、いつの間にこんなに近くにっ⁉」

音もなく現れたレインに気づき、セシリーは驚いていた。

「ほ、本当にあなたがウィルの師匠なんですか？」

「ええ、そうですが。なにか？」

すると、セシリーはレインが少し固まってしまうくらいまじまじと見つめる。

「お、おい、どうしたんだよ？」

「き、綺麗《きれい》……。ウィルの師匠がこんな美人だったなんて……」

そうつぶやいたあと、なぜかセシリーはむすっとした表情でこちらを睨《にら》みつけてくる。

「ウィル、まさかあなたが修行をしているのってレインさんに一目ぼれしたからとかじゃないわよね？」

「なに言ってるんだお前？」

ウィリアムは呆れたあと、

「そんなことよりレインがお前の師匠を務めてくれるんだぞ。言うことがあるんじゃないか」

指摘してやると、セシリーがはっと我に返る。

「し、失礼しました。わたしはセシリー・クライフェルトです」

「かまいませんよ。そんなことより確認しますが、ウィリアムさんに追いつきたいというお話でよろしいでしょうか」

「そ、そうです」

「セシリーさんほどの実力者であれば察しはついていると思いますが、いくらセシリーさんが巷《ちまた》で名を馳《は》せた天才であれ、ウィリアムさんに追いつくのは簡単なことではありません。そのことを理解していますか？」

「はい、わかっています」

「わたしが施す修行はこの時代の水準から言えば、常軌を逸していると指摘を受けるものです。生半可な内容ではありません。事実、ウィリアムさんは修行の途中に何度となく挫折しかけていました。場合によって死を覚悟する必要があるほど、苛烈なものになるかもしれません」

なるかもじゃなくて、絶対になるだろ。

イリスたちほどではないにせよ、レインも千年前の存在なのだ。まともな修行を施さないとウィリアムは確信していた。

「それでもよろしいですか？」

「はい、お願いします」

一切迷いなく頷くセシリーを見て、ウィリアムは悪徳詐欺師に騙《だま》される幼馴染を止めようとする心情になった。

「ば、馬鹿っ⁉ や、やめとけってっ⁉ 自分から過酷な修行をわざわざしようとするなんて、いったいなにを考えてるんだお前はっ⁉」

「決まってるじゃないの。あのときの約束を果たすために強くなりたいのよ」

穢《けが》れのない真っすぐな眼差《まなざ》しとともに返され、ウィリアムは言葉に詰まった。そんなやり取りを目撃していたイリスがふっと笑みを零《こぼ》す。

『さて、お前も負けてはいられなくなったな。幼馴染が頑張っているのに一人だけ怠けてはいられないぞ』

（……しょうがねーな）

かくしてウィリアムは再び修行を受けることになった。

夜中、林中《りんちゅう》にて。

『現状確認だが、お前がカノンに勝つためには足りないものが三つある。カノンのオーラ対策、合成魔術対策、光の剣対策の三つだ』

人目を避けるために、ウィリアムを城塞都市の外にある林の中に連れ出したイリスが説明を始める。

傍《そば》にはソフィアとミオも控えており、イリスたち三人でウィリアムの相手をする構図になっていた。

人目を避けてわざわざ林中で修行するのは、イリスたちの姿が見える覚醒者の存在を警戒してのことか。それとも、城塞都市の周辺じゃできないような派手な修行をするってことなのか。

どうか前者でありますように、と祈りながらウィリアムは説明を聞いていた。

『お前に不足しているこの三つの要素を補うために、今回はわたしたち三人が並行して修行をつけることにする』

「つまり同じ日に修行をするってことか」

『ああ。どれか一つでも不足していたらカノンには勝てないからな、最初に一通り教え込み、その後はお前の習熟度に応じて遅れている対策の修行に専念してもらう。内容はばらばらだが、ひとつテーマを挙げるとすればいずれも繊細さが求められるな』

「どういうことだ？」

『これまでお前はわたしたちの修行を通じて、徹底してパワーを身につけてきたといっていい。今回は、そのパワーを遺憾なく発揮するための力の制御を磨いていく。それが繊細さだ』

これまで力業で叩《たた》き潰す戦いをしてきたウィリアムとしては、なんだか小難しそうな印象を受けた。

「これからどうするかはわかったけどさ、すぐに達成できる修行じゃないだろ。それまでにカノンとぶつかったらどうするんだ？」

『トーナメント表を確認したが、お前とカノンが対決するとしたら決勝だ。そのときまでに強くなっていればいい』

「でも、それまでの過程でカノンの仲間とはぶつかるだろ。そのときはどうすりゃいいんだよ？」

『安心しろ。わたしたち程度の実力者になれば、意識すると相手を見ただけである程度実力を把握できる。結論から言えばカノンの力だけが突出していて、他は並みよりちょっと上くらいだ。カノン以外ならいまのお前でも対処できるから問題ない』

「げっ、相手を見ただけで力量を把握できるのかよ。粗があったら文句を言ってサボろうと思ったのに……」

　難癖をつけられなかったウィリアムが嘆くと、イリスはぐっと顔を近寄せて睨みを利《き》かせてきた。

『おい、初めに断っておくがわたしの修行は真面目にこなせよ。わたしが師匠として他の者たちに後れを取ることなど、あってはならないことだからな』

『こら、脅すのはなしよ。「指導者としての能力を純粋に競い合いたい」って言い出したのはイリスでしょ』

『リスは自分がウィル君から特に恐《こわ》がられているから、前みたいに順番でやったら最後まで選ばれないと思ったんだよね』

『ふんっ、ウィリアムに人を見る目がないだけだ』

　仲間たちに注意されてそっぽを向くイリスを見て、こいつまだあのときのことを根に持っていたのか、とウィリアムは悟ってしまう。

　この分だとイリスの修行は過酷だろうな。なら、せめて残りの二人の修行は比較的優しくしてほしいんだけど。

　願望を込めた真剣な眼差しを向けると、ソフィアが恥ずかしそうに目を逸《そ》らし、ミオがゆっくりと微笑《ほほえ》んだ。

も、もしかして伝わったのかっ⁉

『さてと、まずはあたしから説明させてもらうわ。早速だけど、あんたには合成魔術を覚えてもらうわよ』

合成魔術対策として合成魔術を覚えるってことか。

『あんたも見たからわかるだろうけど、本来なら単体で完結するはずの魔術を二種類以上合わせて、一体化させるものが合成魔術よ』

「じゃあ俺も同じことするのか？」

『ええ、そう思っていたんだけど気が変わったわ』

気が変わった？

『合成魔術は危険だからなるべく初歩的なものをと思ったんだけど、さっき向けてきたあんたの真剣な目を見て思ったのよ。あんたは才能があるからカノンの二番煎じなんて無様なものじゃなくて、もっと高度なものを覚えさせたほうがいいって』

え、えええええええ――――っ⁉

「ちょ、ちょっと待てっ⁉　俺は簡単なものの方が――」

『カノンが使っていたのは火と風の合成魔術だったでしょ。あれは相乗の関係にある魔術の合成魔術。合成魔術の中では簡単なほうだから、あんたの実力なら少し時間をかければできると思うわ。でも、あたしの弟子なのにその程度で満足されちゃ困るのよね』

嫌な展開にウィリアムが釘《くぎ》を刺そうとするが、実体化したソフィアはかまわず説明を続ける。

「見ていなさい。右手には【ファイア・ボール】を、左手に【ウォーター・ボール】を生み出して、この二つを常に同じ魔力量と形質を保つようにして混ぜ合わせるの」

ウィリアムの目の前で、ソフィアは相反する属性を持つ魔術をこねくり合わせ始めた。

赤く燃える球体の炎と青く透き通る球体の水が、なぜかお互いに反発することなく混ざり合って一体化していく。やがて炎と水が複雑に絡《から》み合った球体をソフィアが放つと、それは近くにあった山林の中で大爆発を起こした。

「これが火と水の合成魔術【メギド・ストーム】よ。第六階梯《かいてい》魔術相当だけど、魔力消費はかなり軽いわ。【マジック・アロー】しかきちんと習得できていないあんたの次の武器はこれよ。わかった？」

思ったほど難しそうなものでもないんじゃないか。

単に二つの魔術を混ぜ合わせたようにしか見えなかったウィリアムは、これまでの悲観的な考えを取り消した。

「あ、ああ。見た感じなんだか簡単そうで安心したよ」

「どうやら勘違いしているようね。あたしのような熟練者が発現しているから簡単そうに見えるけど、これは相克の関係にある合成魔術よ。制御を間違えればこんな風に――」

ウィリアムの目の前で、ソフィアが【ファイア・ボール】と【ウォーター・ボール】を遠隔発現し、強引に混ぜ合わせようとする。すると、二つの魔術は完全に混ざり合うより先に弾《はじ》け、周囲に大爆発を撒《ま》き散《ち》らした。

「見ての通り、失敗すると大怪我《けが》を負うことになるわ。いまのあんたの実力じゃ制御はかなり難しいと思うから、まずは指先に灯《とも》るぐらいの魔術から始めなさい」

「げっ⁉ な、なら俺はべつに相克の合成魔術じゃなくて、カノンみたいな相乗の合成魔術でもいいんだけどっ⁉」

「はんっ、なに言ってんのよ。あんな真剣な眼差しをあたしに向けてきたくせに、その程度のことを覚えさせるわけにはいかないじゃないの」

そう言って、ウィリアムのもとに近づいてきたソフィアが耳元で囁《ささや》いてくる。

「もしかしてイリスの修行が厳しくなりそうだったから、あたしに目で訴えかければ甘くなると思っていたの。これまでサボっていた分たっぷり扱《しご》くに決まってるじゃないの」

悪辣な笑みを浮かべるソフィアを見てウィリアムは悟る。

こ、こいつ騙しやがったっ⁉

「ひ、卑怯《ひきょう》だぞっ⁉　天使族のくせにっ⁉」

「あら、もっと厳しい修行がお望みなわけ？」

絶対的な実力者である師匠に逆らう根性がウィリアムにあるわけなどなく、彼の小細工は結局不興を買うだけに終わった。

どうにかソフィアとの修行を終えると、次はミオとの修行が始まった。

『さて、わたしの番だね。わたしがウィル君に覚えてほしいのは心眼だよ』

それはウィリアムでも知っている、見えないものを見るという接近戦の極意のことだ。

『今日はウィル君から真剣な眼差しを向けられたからね、予定よりずっと強くなれるように敢《あ》えて難しめな内容に修正したから安心していいよ』

お、お前もかっ⁉

ソフィアとの修行でへとへとになったウィリアムは、このときになってミオにも真剣な目で助けを求めていたことを思い出した。

「ちょ、ちょっと待てっ⁉　それは誤解だっ⁉」

『遠慮しなくていいから大丈夫だよ。ウィル君の熱意を、わたしはしっかり受け取ったから』

慌ててウィリアムはソフィアに顔を向ける。ソフィアがにやにやと笑みを浮かべている辺り、どうやらミオは完全な善意から今回の行動をとっているようだ。

さっと顔から血の気が引くウィリアムにかまわず、ミオはうれしそうに説明する。

『なぜ覚えてほしいかというと、カノンちゃんの光の剣対策にぴったりだと思ったからなんだ。あれは十本の光の剣が独自の軌道を描きながら標的を追い詰めていくでしょ。だから常に周囲に気を配らないといけないいけど、人間の水平視野はせいぜい二百度、垂直視野については百二十五度くらいだよね。でも、心眼を使って三百六十度を視《み》ることができれば、どこから攻撃が来ても平気だよ』

言っていることは理にかなっているんだよな。

『というわけで、今回の修行では目隠しをしてわたしと戦ってもらおうかな。わたしが殺気を込めて斬りかかるから、肌で殺気を感じとって避けてね。もちろん殺さないけど、ちゃんと避けないと……死を錯覚する斬撃を浴びてとんでもないことになるから、気をつけてね』

「ど、どうやって気をつけろって言うんだよっ⁉　目隠しをしたままお前と戦えるわけないだろっ⁉」

思わずウィリアムが口を挟んだが、ミオは平然と説明する。

『大丈夫、これはちゃんと理にかなった修行方法なんだ。ウィル君は脳のリミッターを外した経験で、人族が危機的な状況に適応する力があることを学んだよね』

「あ、ああ」

『人族の中でも魔導士という生き物になると、その傾向が顕著になる。一般人でさえ光を失っても他の感覚器官が補って、ある程度なら日常生活をこなせているんだよ。それが魔導士という生き物になればさらに感覚神経が研ぎ澄まされるのは自然なことだよ。さあ、騙《だま》されたと思って一回やってみよっか。大丈夫、ウィル君ならきっとできるはずだよ』

「わ、わかった」

僅かな躊躇《ちゅうちょ》のあと、ウィリアムは意を決してミオの修行を開始した。その後すぐに地獄を見ることになった。

『最後はわたしの番だが、お前大丈夫か？』

「これが大丈夫なように見えるのかよっ⁉」

ソフィア、ミオの修行を経たウィリアムは全身ボロボロですでに立っているのがやっとの状態だったが、イリスは満足そうに頷《うなず》いた。

『うむ、お前の苦しむさまが見られてわたしはうれしいぞ』

「くっ⁉　こんな状況じゃなければ絶対ボイコットしてるのにっ⁉」

ウィリアムが喰《く》ってかかるが、この場の主導権はイリスにある。

『わたしがお前に覚えさせるのはオーラの状態変化だ』

「状態変化？」

『カノンが使っていた光のオーラを覚えているな。あれはお前が扱えるものとは属性が異なっているが、性質としては同じものだ。もっともお前が扱えるのは、魔王オーラと呼ばれる他とは一線を画す性能のものだがな』

ウィリアムは右腕に刻まれたイリスの呪詛《じゅそ》である魔王紋を見たあと、いぶかしげな目線をイリスに向ける。

こいつ、俺にこれを与えたときそんな説明は一切していなかったぞ。

『オーラの利用方法は単に放出するだけではない、お前も見た通り自分の体に宿らせることができる。これをオーラの状態変化という。これには幾つか段階があるが、カノンが使っていたのは状態変化の基礎段階止まりだな。オーラをその身に宿らせることで、身体能力を極限まで高めることができる』

「じゃあ、俺はその先の段階をやるのか？」

これまでの指導内容から、展開を先読みしたウィリアムが尋ねた。

『いいや、それは求めない。カノンと同じように纏《まと》えるようになれば十分だ』

「ふう、お前にしては軽い内容で助かったよ。他の二人はカノン以上を求めるから、正直やばいと思っていたところなんだ」

　ウィリアムは思わず笑みを浮かべた。

「ははは、べつに感謝されるようなことじゃないぞ。わたしのオーラはその辺のオーラとは一線を画す魔王オーラだからな、纏うだけでも一苦労だ。制御に失敗すれば、オーラの性質である破壊衝動にその身を乗っ取られて正気を失うぞ。強靭《きょうじん》な精神力で抑えつけろよ」

『な、なんだよそれっ⁉　そ、そんな話は聞いていないぞっ⁉』

　ウィリアムが全力で抗議するがイリスの方針を変えることはできなかった。

　理不尽、横暴、非人道的……ありとあらゆる不条理を兼ね備えた、千年前の英霊たちによる修行を経験し、ウィリアムは思う。

だから、俺はこいつらの修行を受けたくなかったんだ。


　翌朝、教室にて。

　死んだ魚のような目をしたウィリアムがおぼつかない足取りで登校する。まるで生ける屍《しかばね》のような様子に、道行く学園生たちがウィリアムを見てなにやら囁いていたが、もうどうでもよかった。

『ふむ、お前を見てまるで死人みたいと囁いていたぞ。まさにその通りだな』

レインの代役としてついてきたイリスが話しかけてきたので、ウィリアムはいつかぎゃふんと言わせてやる、と思いながら皮肉を聞き流した。

教室に辿《たど》り着《つ》いたウィリアムは疲労困憊《ひろうこんぱい》といった様子で席に着く。そこにセシリーがやってきた。

「……ウィル、本当にあんな修行をしていたの？」

こちらもウィリアムと同じく疲労困憊といった様子で、目の下には大きな隈《くま》ができていた。

「驚くのはわかるけど、それはまだ序の口だぞ」

「じょ、序の口っ⁉　あ、あれがっ⁉」

「気をつけろよ。そのうち人命度外視になって、どんなに才能があっても運が悪いと普通に死ぬからな。やばくなったら死んだふりをしてでもサボるんだぞ」

「……いまなら、あなたが学園で疲れ果てていた理由がよくわかるわ」

教室に鞄《かばん》を置いたウィリアムは授業を受ける気力も体力も残っていないので、のっそりと歩きながら教室を出ていこうとする。

「ウィル、いつもどこで寝ているの？」

「保健室か屋上だけど」

「そう。保健室は本当に具合が悪い人が使うかもしれないから、今日は屋上にしましょう」

「えっ、お前もついて来るのか。……いや、普通に考えてそうなるか」

真面目なセシリーがサボるなどありえない気がしたが、ぶっとんだ修行のせいで授業を受ける気力も体力も尽きてしまったのだとすぐに考え直す。

ウィリアムはセシリーと連れだって校舎の屋上に出ると、いつもの場所で気持ちよさそうに横になった。隣にいるセシリーがすぐに微《かす》かな寝息を立て始める中、ウィリアムはどうしても確認しておきたいことがあり、イリスに尋ねる。

（なあレインの件で訊《き》きたいことがあるんだけど。レインからは聖人を忌避する詳しい理由を教えてもらえなかったんだ。これはお前に訊いてもいいことなのか？）

『ふむ、お前が他人に興味を持つなんて珍しいな。どういう心境の変化だ？』

（東部ではお前たちのことを知ろうとしないで後悔したからな。また同じことを繰り返したら馬鹿みたいだろ）

イリスがにやりと笑う。

『ふっ、お前が人としても少しは成長しているようで安心したぞ』

（なに言ってるんだよ、俺は最初からお前らよりまともだっただろ。そんなことより、その気があるなら教えてくれ）

『さきほどの質問についてだが、詳しいことはあとでレインに説明してもらえ』

（あのなあ、レインから教えてもらえなかったから、お前に訊いてるんだぞ）

『もう少し時間はかかるだろうが、レインなら自分で答えを見つけられる。いずれお前の隣に戻ってくるだろう。そのときに自分で確認するといい』

（なんだか自信ありげだな？）

『まあな。わたしはレインと同じ時を千年過ごしてきたんだ。あいつなら、目の前の課題を乗り越えられると信じている』

ま、イリスが言うなら問題ないだろうな。

納得したウィリアムは意識を手離すことにした。

（わかった。そうするよ。んじゃ、お休み）

『ああ。お前は疲れているんだから、いまは難しいことを考えずに眠るといい。それにしても、まさかお前がレインの心配をするようになるとはな』

てっきりウィリアムは自分のことで手一杯だと思っていたのであろう、イリスからは成長したウィリアムを心から賞賛するような声が聞こえてきた。

……その後、昼休みになり悪友のゼスが一緒に学食に行こうとウィリアムを誘いにやってきた際、珍しい光景を目撃した。

「えっ、セシリーちゃんまで居眠りするなんてどうしたんだ？」

そこには、ウィリアムに寄り添うようにして眠るセシリーの姿があった。


屋上で眠った日の夜、林中にて。

「どういうことだよ？　修行は別々にこなすんじゃなかったのか？」

この日の最初はソフィアの修行のはずなのに、ソフィアだけでなく、なぜかミオもウィリアムの前に立っていた。

『昨日思ったんだけど、あたしとミオの修行は纏めてやると効率がいいのよ。あんたは要領がいいから、昨日の時点でそこそこコツを摑《つか》めてたし』

『うん。フィアとわたしがウィル君に覚えてほしいことは、意外と通じるところがあると思うんだ。師匠が二人になったからって、おちょくったりはしないから安心してね』

どう通じているかはウィリアムには摑みかねたが、ひとつ気になったことがある。

「このことをイリスは知ってるのか？」

『はんっ、教えてないんだから知るわけないでしょ。あんたを脅迫して自分の修行だけは手抜きしないように小細工した以上、やり返されても文句は言えないでしょ』

『ふふっ、今回はリスのわがままに付き合う形で修行のやり方を変えたけど、リスがずるをしたでしょ。だから、わたしたちが協力したっていいと思うんだ』

『そういうことよ、結果としてあんたが強くなればいいんだから問題ないでしょ』

ソフィアがにやりと笑い、ミオがふふっと微笑を浮かべてくる。

「ちょ、ちょっと待てっ⁉ それは俺がお前たちの修行に耐えられるっていう前提があってのものだよなっ⁉」

絶世の美少女二人に笑いかけられているが、これから先に待つのは地獄のような気がしてならなかった。

『うーん、耐えられるんじゃないの。やってみたことがないからなんとも言えないけど、たぶん大丈夫でしょあんたなら』

『大丈夫、きっとなんとかなるよ。ウィル君はすごいから』

ふ、不安しかねえっ⁉

ウィリアムの目の前で、ソフィアとミオが実体化する。

千年前の英霊が二人がかりでウィリアムを指導するという、タッグプレーがまさに始まろうとしていた。

「ウィル君に覚えてほしいことは昨日となにも変わらないんだけど、やり方を少し実戦向きにしようと思うんだ。あと、またこれを付けてね」

ミオから渡された目隠しを付けると、すぐに声がした。

「じゃあ始めるよ」

いきなりミオが害意とともに動く気配がして、ウィリアムは咄嗟《とっさ》に後ろに飛び退《との》いた。

「じつは見えていたりとかしないわよね」

続いてソフィアからこちらに攻性魔術が放たれる気配がしたので、ウィリアムは素早く真横に跳躍する。

「ふーん、目を瞑《つぶ》っていても気配を辿れるのは本当のようね」

「い、いきなりなにするんだよっ⁉」

「本当に見えていないのか確かめたのよ。いまあんたに放ったのは第二階梯《かいてい》魔術【エアロ・ブラスト】。速度に優れた風魔術の中でも初速に優れた魔術よ。いまの距離からなら、見てから避けても間に合わなかったわ」

えっ、えげつなさすぎるだろっ⁉

「も、もし避けられなかったらどうするつもりだよっ⁉」

「避けられたからいいじゃないの。難しいことばかり考えていると禿《は》げるわよ」

「ぜ、絶対に俺の安全を考えてなかっただろっ⁉」

「あははは、ウィル君はある程度見えていると言っていいよ。もっとも、まだ単純な気配を感じ取れるだけで、攻性魔術と実体攻撃が複雑に入り交じった状況だと見えづらくなると思うけどね。フィアのほうはどんな具合か見せてくれる？」

「ええ、いいわよ」

そう言ってソフィアは合成魔術【ファイア・トルネード】を当たり前のように放ってきた。不吉な予感を感じ取っていたウィリアムは、すでに人差し指に【メギド・ストーム】を用意しており咄嗟に迎撃した。

二つの魔術が衝突した直後、辺り一帯を強烈な暴風が包み込む。

一瞬でも反応が遅れたら今度こそ死んでたな、と思うウィリアムの前で、ミオが微笑《ほほえ》む。

「なるほど、合成魔術もある程度は摑めているみたいだね」

どういうつもりだこいつら？

お互いにウィリアムの習熟度を確かめたあと、ソフィアとミオはまるでウィリアムと対峙《たいじ》するような気配を放ち始めた。

「もう基本は摑めているみたいだから――」

「あとは二人一遍に相手する中で、応用を学ばないとね」

目隠しするウィリアムの脳裏には、好戦的な笑みを浮かべる二人の姿が浮かんでいた。

「ちょ、ちょっと待てっ⁉　こ、こんなことできるわけが――」

「ウィリアム、その状態でも常に相克の合成魔術を発現し続けなさい。じゃないと――」

ソフィアが【ファイア・トルネード】を発現する気配を感じ取った直後、ウィリアムは対応が間に合わないと判断し、全力で滑り込むように横っ飛びした。

「蒸し焼きになるわよ」

間一髪で躱《かわ》したウィリアムは起き上がって猛抗議する。

「そ、そんなことできるわけがないだろっ⁉」

「さてと、それじゃ始めるわよ」

「頑張ろうねウィル君」

「き、聞いてねえしっ⁉」

思わずツッコミながらウィリアムは思う。

こいつらはやると決めた以上、絶対にやる。俺がこの苦行から逃げたいなら、終わらせるしかない。

「こらっ、手を抜かない。殺気や魔力を宿さない、気配を殺した一撃だってあるよ」

「あら、ミオだけを意識していいの？　合成魔術の管理が疎《おろそ》かだと自爆するわよ」

「くっ⁉」

師匠二人がかりで徹底して扱《しご》かれる構図となり、ウィリアムは苦悶《くもん》の表情を浮かべる。

そういえば俺はなんでこんなことをやらされてるんだ？

東部以前ならば、真面目に鍛えなければ酷《ひど》い目に遭わされるという理由があった。

だが、今回はこれといった理由がない。

べつにカノンから逃げたところで、ウィリアム自身には困ることがないのだ。

死ぬ危険も、学園を退学になる恐れも何もない。

「こら、集中しなさい。でないと吹き飛ぶわよ」

考えごとに気をとられたウィリアムに対し、ソフィアが容赦なく攻性魔術を叩《たた》き込んでくる。至近で弾けた魔術によって吹き飛ばされてきた土砂が、ぱらぱらと音を立ててウィリアムに降り注《そそ》ぐ。

くそっ、そんなことも言っていられないか。まずはさっきから高みの見物をしているソフィアからだ。

考える暇などないと判断したウィリアムは、低く腰を落としてミオの斬撃を躱すと、そのまま駆け出し、こちらを狙おうとしているソフィアに迫った。

いけるっ！

そう判断したウィリアムは、人差し指に常に宿し続けていた【メギド・ストーム】をソフィアに向かって放つ。

「くたばりやがれ――っ！」

すると、ソフィアがにやりと笑う。直後、小さな【メギド・ストーム】はソフィアが生み出した光の障壁の前に崩れ去った。

「なっ⁉」

想定外の結果に目を瞠《みは》るウィリアムに、ソフィアが説明する。

「あんたには二つの間違いがあるわね。まずひとつ、あんたにあたしが覚えさせた指先の【メギド・ストーム】は最初の段階に過ぎないの。小さい魔術は制御しやすいし、失敗したときの危険性も低いからそうさせているの。だから、いまの【メギド・ストーム】じゃあたしには通じないわ」

「も、もうひとつは？」

「師匠であるこのあたしに向かって、くたばれって言ったことよ」

その直後、完全にソフィアに意識が向いていたウィリアムの背後から、ミオの蹴りが飛んできて、ウィリアムは派手に吹き飛ばされた。

「こらこら、予想外のことがあっても注意を途切れさせない。これは心眼を鍛えるための修行も兼ねているんだよ」

「さっさと立ち上がりなさい、その程度じゃカノンに勝てないわよ」

絶対にぎゃふんと言わせてやる、と思いながらウィリアムは再び立ち上がった。

※※※

夜中、城壁の外にて。

「もっと必死になって、現実に発現された魔術を具体的にイメージしてください。そうでなければ無詠唱魔術を発現できません」

息を切らしながらも必死になって念じるセシリーを見ながら、レインは思う。

わたしはこの時代でどうするべきなのでしょうか?

——セシリーに指導する最中、お前も学ぶものがきっとあるはずだこの時代では、過去の自分を知る者はいない。だからこそ、過去の過《あやま》ちに縛られる必要はないというイリスの理屈は理解できる。だが、それでは多くの人々の犠牲を無視するのと同じことだ。人々を救済の道に導こうとした聖女として、レインにはそのような真似《まね》はできなかった。それは死者への冒瀆《ぼうとく》に等しいからだ。

かといって、いつまでも過去の過ちに縛られて成長できないことも問題だ。イリスの見立てでは、これからウィリアムは飛躍の時期を迎える。成長するウィリアムに合わせて、イリスたちも指導者として成長し続けなければならない。そして成長が求められるのは、サポーターであるレインも同じだ。

だが、過去の過ちは塗り替えることができない。レインの前に立ちはだかっている壁はどうしようもないものだった。

「今日はここまでにしましょう」

「はぁはぁ……。ありがとうございました」

息を切らしながら頭を下げてくるセシリーを見て、レインは微笑を浮かべた。

「お疲れさまでした。ウィリアムさんと違って礼儀正しいですね。これで今日の分の指導は終わりですが、少し休憩してから帰りましょう」

「あ、ありがとうございます」

魔力欠乏症でセシリーが倒れないように配慮し、レインはセシリーが回復するのを待つことにした。二人揃って座っていると、おずおずとセシリーが尋ねてくる。

「あの……わたしは迷惑になっていないでしょうか？」

「なぜそのようなことを訊《き》かれるのですか？」

「レインさんがわたしに付きっきりで、ウィルの修行は大丈夫なのかなって」

「そういうことでしたか。ウィリアムさんの修行は適切に管理されているので問題ありません」

「じゃあ、レインさんはどうですか？」

「わたしですか？」

「はい。レインさんほどの実力者なら、わたしを指導する以外にもやるべきことはたくさんありますよね」

「……力を持つ者の使命と責任のことですね」

「東部でスタンピードに遭遇した際、ウィルはそのことがわかっていないように見えました。その師匠であるレインさんが有名な魔導士ではないのは、事情があってのことなんですか？」

わたしにまで気を遣ってくれているようですね。

ウィリアムとの違いをとても好ましく思ったから、レインは少しだけ甘えさせてもらうことにした。

「事情は……あります。じつはそのことに関連して、セシリーさんに学ばせてもらいたいことがあります」

「わたしに答えられることだといいんですが」

「その……どうしようもない壁に直面したとき、セシリーさんはどうなさいますか？」

「うーん、もう少し詳しく説明してもらってもいいですか？」

なんて情けないと思いながらも、レインはやんわりと事情について説明する。

「じつはわたしは……大きな過ちを犯したことがあります。それは生涯を懸けても償いきれるかすらわからないものです。わたしはそれを乗り越えられず、ずっと立ち止まっている状態なんです」

「ああ、そういう類のことですか」

うんと頷《うなず》いたあと、セシリーが尋ねてくる。

「レインさんの目から見て、わたしはウィルに追いつけそうですか？」

唐突な質問の意図を捉えかねたが、師匠としての領域に関わる以上レインは正直に答えることにした。

「ここ数日接していて、セシリーさんがウィリアムさんとの約束を守るために強くなろうとしていることはよくわかりました。そして、あなたはウィリアムさんよりずっと聡明《そうめい》です」

ウィルは約束のことまで話をしていたの、とセシリーが顔を赤らめる。

「だからこそ、あなたはウィリアムさんの才能の異常さに気づいているはずです。誇張なく言えば、ウィリアムさんは天才のような怪物です。あなたならこの言葉の意味が理解できるはずです。あの高みに至ることは相当難しいと言わざるを得ません」

「やっぱりそうですよね……」

レインが指摘すると、セシリーは納得したようにそう答えた。

「これはレインさんからの質問の答えとは少し違うかもしれないんですが、じつはわたし……ときどき怖くなるんです。わたしがこの修行を終えて実力をつけたとしても、わたしが修行している間にきっとウィルは成長している。どんなに頑張っても追いつけないんじゃないかと思うときがあります」

それはセシリーにとっての壁の話だった。

「でも、わたしにはウィルのような才能がない分、努力で後れを取るわけにはいかないんです。頭のいい人から見れば、わたしがやっていることは愚かに映ると思います。いまか

らウィルに追いつくことは不可能で、やるだけ無駄だと考える人がいることをわたしは知っています」

そのように考える人がいることは、レインにもわかった。

「ですが、悩んでいる暇はないんです。いまは少しでも多くの時間を修行に費やして、あの高みに上ろうとすること以外、考える暇なんてないんです。圧倒的な速度で成長していくウィルに追いつくために、なりふりかまってなんかいられないんです。だってわたしは、ウィルと並び立てるようになりたいから」

それはできるかできないかではなく、するかしないかの話だった。

レインが悩む複雑な事情の一切を排除して、究極的に単純化させたものだった。

「わたしはウィルとの約束を果たす。そのためにウィルと並び立てるくらいに強くなる。できるかできないかじゃなくて、わたしが目指すと決めたからいまはそれをするだけです。だから、立ち止まるわけにはいかないんです」

そう言い切ったセシリーは真っすぐな眼差《まなざ》しをレインに向けたあと、照れくさくなったように少しだけ笑った。

いつからでしょうか、わたしがこのような物事の捉え方をできなくなっていたのは……。

「……悩んでばかりではいられないということですか」

そんな言葉が、ふと口を突いた。

一方でレインの前でつい胸中を吐露してしまったセシリーは、申し訳なさそうに顔を引きつらせている。

「ええーっと、その……つ、つまらないですよね、わたしの話なんかじゃ……」

「いいえ、とても大事なことを学ばせてもらいました」

「レインさん？」

ふと立ち上がったレインは、セシリーにしっかりとお辞儀をした。

「感謝しますセシリーさん。お陰でわたしがこの時代ですべきことに気づくことができました」

月明かりに照らし出されるレインの表情は、憑《つ》き物《もの》が取れたように明るく見えた。

※※※

修行後、ウィリアムの部屋にて。

『難しい顔をしてどうしたの？』

腕を組んで椅子に座ったイリスに、ソフィアが話しかける。

『二つ悩み事があってな、どうするべきか考えている』

『具体的には？』

『ひとつはカノンとその取り巻きの件だ。あの者たちの強さは、この時代の水準では異質だ。裏を探っておきたいところだが』

『ウィリアムの敵としてちょうどいいくらいだから、もう少し泳がせておきたいのよね』

『世界最強になるっていう漠然とした目標じゃなくて、目の前に倒すべき敵っていうわかりやすい形でいるのがちょうどいいんだよね』

ミオの発言に、ソフィアが頷いた。

『今回の件はレインの成長にも繋《つな》がるから静観でいいと思うわ』

『ふむ、それもそうか』

『それでもうひとつは？』

『じつはウィリアムの成長がな、どうもわたしの考えている水準ではないんだ』

『それはウィリアムにやる気がないってこと？』

『いや、それ以前の問題だ。わたしの番になるとかなり疲れている様子なんだ。お前たち、なにか思い当たることはないか？』

ソフィアたちはお互いに顔を見合わせたあと、何食わぬ顔で言う。

『『ぜんぜん』』

『おい、なんだいまの目配せは？　なにか知っているんじゃないだろうな？』

『思い当たる節なんてないわよ』

『言いがかりはよくないと思うよ』

イリスは抗議してきたが、やましいところのないソフィアたちは平気で嘘《うそ》を吐きとおした。

『むぅ、まあいい。それで明日は初戦だが、お前たちのほうはどんな具合なんだ？』

ウィリアムの不調に悩まされるイリスの前で、ソフィアたちが何食わぬ顔で言う。

『そうね、悪くない結果を出せると思うわ』

『わたしもそれぐらいかな。まあ今日は初戦に向けて仕上げをしようと考えていたから、今日の頑張り次第ではもっといい結果を出せるかもしれないけどね』


翌日の放課後、林中にて。

「あははは、さすがウィル君。今日はいつもより連携を密にしているのにちゃんと対応できているね」

「ちっ、お前ら俺をおもちゃにして楽しんでるだろっ⁉」

悪鬼が如《ごと》く迫ってくるミオの突きを、ウィリアムはすんでのところで躱《かわ》していた。

掠《かす》ってしまった髪がぱらぱらと宙を舞うが、そんなことを抗議したところで受け入れてくれる相手ではない。

そんなとき、ソフィアはミオに目配せをする。

ウィリアムにある程度実力がついたと判断し、次のレベルに進んでもいいかという確認だ。ソフィアとミオの修行ではお互いにウィリアムにある程度実力がついたと判断した際に、少しずつ修行強度を上げていき、ウィリアムにより難しい対応を迫っている。

こくりとミオが頷いたため、ソフィアはウィリアムのために用意したとっておきの課題を試してみることにする。

「ここまでは立派だよウィル君。でも、視《み》えるだけじゃダメなのはわかっているよね。大事なのは実戦でどれくらい役に立てられるかだよ」

「そうよウィリアム。その状態でこれにどう対応するか示してみなさい」

そう言うと、ソフィアが【ファイア・ボール】を四つ同時に発現してウィリアムに放った。

「ただの【ファイア・ボール】？　いや、これは……くっ⁉」

　この状況に似つかわしくない攻撃にウィリアムが勘違いしかけたが、すぐに違和感を見抜く。

　いま放った【ファイア・ボール】はちょっとした仕掛けが施されているのだ。

　ウィリアムは咄嗟《とっさ》に【メギド・ストーム】で迎撃。【メギド・ストーム】は【ファイア・ボール】三発を打ち消したが、残る一発はそのままウィリアムの付近に着弾し、衝撃でウィリアムは吹き飛ばされた。

「いまのが普通じゃないってことはわかったようね。相克の合成魔術は強力だけど、普通の魔術だって力を込めれば合成魔術を凌駕《りょうが》することができるわ。合成魔術は強力だけど、使い勝手が難しいの。あんたはあたしのように魔術に特化したタイプじゃないんだから、避けることも覚えなさい」

「いまのは不意打ちで気を取られただけだって」

「あっそ。なら、もう一度行くわよ」

　抗議してくるウィリアムの甘さを叩《たた》きなおすために、ソフィアは再度特別に魔力を込めた【ファイア・ボール】を四発放った。

　まだ未熟なウィリアムの合成魔術では、この全てを搔《か》き消《け》すことなどできない。

　さあ、とっとと避けなさい。

そんなソフィアの意思に反して、ウィリアムは受けて立つとばかりに、眼前に迫る四つの火球を睨《にら》みつけていた。

「こら、避けろって言っているでしょうがっ⁉」

「いいや、ここで潰すっ！」

躍起になったウィリアムは足を止めて、ひたすら魔力を高めていく。ソフィアの指示で常時合成させていた【メギド・ストーム】も消した。

「あの馬鹿、あたしの指示を無視して――」

訳のわからない状況にソフィアが悪態を吐《つ》く。そんなとき、ウィリアムはあろうことか【マジック・アロー】を発現してみせた。

「無茶よ、その【ファイア・ボール】は相当な魔力を込められているわ。【マジック・アロー】で相殺《そうさい》を狙ったところで、あんたは爆発に呑《の》みこまれるわよ」

ソフィアの警告を無視して、ウィリアムはかまわず【マジック・アロー】を放った。それが【ファイア・ボール】に直撃した途端、【ファイア・ボール】は爆発することなく、まるでそんな魔術など最初から存在しなかったように消え去った。

「あ、あんたいまなにをしたのっ⁉」

「合成魔術での対処は難しそうだったから、相克の合成を応用したんだよ」

「応用？」

「異なる属性の魔術同士を合わせて強くできるなら、逆の要素を混ぜれば弱くすることだってできるはずだろ。だからお前の魔術の特徴に合わせることで、魔術を打ち消したんだよ」

ウィリアムのそれは経験に基づく行動ではなかった。

ただ己の直感や閃《ひらめ》きに従っただけで、客観的な根拠に裏付けされた言動ではない。

だが、ウィリアムができると思ったならできるのだろう。

そのことがわかってしまったソフィアは、天才という才能の衝撃力に殴りつけられてしまっていた。

「ま、まさか独力で【ディスペル】の概念に気づいて魔術を最適化したのっ⁉」

「なに言ってんだお前？」

唐突な専門用語に、ウィリアムは理解が追いつかなかった。

「魔術を打ち消す魔術を【ディスペル】と呼ぶんだよ。かつて魔導界で魔術への対策というのは対抗魔術で相殺するほかないと考えられていたときに、フィアが【ディスペル】の概念を提唱してね、かなり話題になったことがあるんだ」

ミオの説明を聞き、ウィリアムは煽《あお》ってきた。

「ふーん、俺程度で考えつくことでどやれるなんて、案外お前も大したことがないんだな」

「ば、馬鹿にしないでくれるっ⁉　あ、あんたはあたしという偉大な師がいたお陰ですぐに辿《たど》りつけただけで、独力だったら一生辿りつけなかったんだからっ⁉」

「はあー、こんな大したことないことでムキになるなよ」

「べ、べつにムキになってなんかないわよっ⁉」

つんけんした口調で反論するソフィアだが、内心では喜びに溢《あふ》れていた。

合成魔術をたった数日でものにしようとするだけじゃなく、そこから【ディスペル】の概念に気づいて実用化するなんてっ⁉

わけがわからないすごさに思わずソフィアは褒めそうになるが、それでウィリアムを調子に乗らせてしまうのは癪《しゃく》だった。

だからこそ声に出したいのをぐっと我慢して、ソフィアは何食わぬ顔で言う。

「と、とにかく、あんたが編み出したその【マジック・アロー】は使えるわよ。すでにオリジナルと呼んでいいわね」

わけがわからないと首を傾《かし》げるウィリアムに、ソフィアは若干《じゃっかん》恥ずかしそうに言い放つ。

「す、少しは誇ってもいいんだからねっ⁉」

放課後、闘技場にて。

イリスたちの修行が始まって三日目、ウィリアムはこの日学園代表選抜戦のトーナメント初戦を迎えていた。

組み合わせ表によると、今日の対戦相手は三年生のジーノ・アッテンブルク。カノンの仲間の一人だ。

たしか学園卒業後は宮廷魔導士になることが決まっているやつだったか。

ぼんやりとだが、ウィリアムは相手のことを覚えていた。

これまでウィリアムは二学年の一部と教師の前でしか実力を発揮したことはない。むしろんそれは突き抜けた実力であり、噂《うわさ》になって広まりこそしたが、最弱兵器という圧倒的に不名誉な二つ名があくまで噂扱いに留まらせていた。そんな中、今回ウィリアムは全学園生の前で初めて実力を晒《さら》すことになる。

すなわち、これがウィリアムのデビュー戦だった。

『ウィリアム、カノンの雑兵を地面と同じ高さになるまで踏みつけてこい』

『手加減する必要なんかないわよ、相手の誇りをずたぼろにしてきなさい』

『ウィル君を二度と侮《あなど》ることがないように、ちゃんと後悔させてきてね』

こいつら本気で言ってるわけじゃないよな？

イリスたちの指示通りにするつもりはないが、イリスたちが不穏な発言をしたのは、カノン一行がウィリアムを侮辱したことが原因であることはすぐに推測できた。

しょうがない、イリスたちの言う通りにするわけにはいかないけど少し工夫して戦うか。

順番が来たウィリアムが舞台の上に出る。すると観戦席から、強烈なブーイングが沸き起こった。

ウィリアムが東部でスタンピードを鎮圧したという事実を知っているのは、学園関係者の中では一握り。一般的に見ればウィリアムはいまだ最弱兵器であり、最底辺の存在が偉大な王族の一人であるカノン王女に喧嘩《けんか》を売ったというのが大衆の見方だ。

だからこそカノンの側近であるジーノが、ウィリアムを倒すことを多くの学園生たちが望んでいる。

しかし、そこは普段から侮蔑、愚弄、嘲笑の的として見下されまくっているウィリアムだ。誹謗中傷《ひぼうちゅうしょう》に慣れていることに加えて、これから試合に臨むという厄介《やっかい》さもあって外野の声は一切気にならなくなる。

舞台の上で、ウィリアムは己《おのれ》の境遇を嘆く。

「それにしても面倒なことになったな。はあー」

「どうかしたのか？」

先に舞台に上がっていたジーノから怪訝《けげん》そうに尋ねられる。

「ここで俺が勝ったら悪役になるんだろうなって思ったんだよ。かといって師匠たちの目があるから、露骨に手を抜くわけにもいかないし」

すでにウィリアムは意識すると、身に纏《まと》う魔力の量から対象相手の強さを察することができるようになっていた。

いまならイリスたちの言っていたことが少しはわかる。

ソフィアとミオの修行の過程で習得した副産物だ。

時間の許す限り二つの異なる魔術を永遠に合成し続けるという苦行と、目を瞑《つぶ》って攻撃を躱《かわ》すという苦行を課された結果、ウィリアムは繊細な魔力制御というものがどういうものかわかってきていた。

大雑把に言ってしまえば、身に宿す魔力を見ればある程度実力が読めてしまうのだ。

ジーノはただの学園生よりも纏う魔力量は多い。学園ではトップクラスの実力者であることに疑いはない。だが、イリスたちを始めとする絶対的強者と戦ってきたウィリアムは常人とは基準が決定的に異なっている。だから気負うどころか、顔色一つ変えなかった。

「なるほど、どうやら手加減の必要はなさそうだ」

ウィリアムから安い挑発でも受けたと思ったのだろう、ジーノは僅かな苛立《いらだ》ちとともに騎士剣を構えた。

「お前が東部でなにかしたという話ならわたしの耳にも届いている。だが、調子に乗るのもこれまでだ。カノン殿下の大願を妨害する者に負けるわけにはいかない。マギアの中でわたしはカノン様に続く強さだぞ」

ジーノからの怒気を向けられるが、ウィリアムは自分でも驚くほど落ち着いていた。

「始めっ！」

審判役の教師から合図が出る。直後、ジーノが動いた。

「いまのわたしは機嫌が悪い。手足の一本を失うことくらいは覚悟してもらうぞ」

そう言って、ジーノは空いている手を振るう。その直後、ウィリアムは右に跳躍した。同時にそれまでウィリアムがいた空間が突如爆発し、舞台の一部が派手に吹き飛んだ。

圧縮した風を放った後に爆発させる魔術か。

見えないはずの風の魔術をウィリアムは感覚で捉えていた。

「ほう、よく避けたな。先ほどの一撃は現代では喪《うしな》われたとされる【ウィンド・ボム】

だ」

この時代で喪われたはずの無詠唱魔術を、ジーノは平然と発現してきた。油断ならない相手といっていいだろう。

「不可視の風の爆撃を無詠唱魔術として発現する。大抵の学園生相手なら初見殺しになるんだが、お前には通じなかったようだな。これでもわたしは術式の発現速度には自信があったんだが」

「似たようなことをつい最近師匠にされたからな、その程度の攻撃なら目を瞑ってもかわせるよ」

ミオの修行で培《つちか》った感覚は、ジーノの初見殺しの攻撃を前にして、ウィリアムに圧倒的な余裕を与えていた。

『ふふっ、いいぞウィル君。あの程度の攻撃なら、いくらだって躱せるようになったもんね』

舞台下から聞こえてくるミオの声に、ウィリアムは小さく頷《うなず》く。

「なっ⁉ 目を瞑っても躱せるだとっ⁉ 調子に乗るのも大概にしろっ⁉」

「いや、目を瞑って魔術攻撃を躱す修行方法があるんだって」

「そんなことをしたら大怪我《けが》するだろうがっ⁉」

ウィリアムの言葉を挑発だと勘違いしたジーノは一瞬で激高する。その後嗜虐《しぎゃく》的な笑みを浮かべると、

「なら、絶対に避けられない攻撃でお前を仕留めてやろう」

気を引き締めたジーノはこちらに左手を向け、【ウィンド・ボム】を連射してくる。魔力消費を度外視した猛攻撃だった。

「ははは、無詠唱魔術での【ウィンド・ボム】の連続発現。これだけの数を捌《さば》けるかな、かりに捌いたところで狭い舞台の上だ、爆風がお前の身を引き裂くぞ。これで終わりだ」

無数の【ウィンド・ボム】が迫る中、ウィリアムは答える。

「それはどうだろうな」

「な、なにっ⁉」

驚くジーノの前で、ウィリアムは意識を研ぎ澄ます。不可視の魔術攻撃といえど、存在の気配を辿れば見えなくはない。

この程度であれば、修行と同じ要領で対応できるはずだ。

ウィリアムは左手を目の前に翳《かざ》しながら、見えないはずの魔術を睨《にら》みつけた。その後、目を瞑ったウィリアムから無数の【マジック・アロー】が放たれ、ジーノの【ウィンド・ボム】を次々と貫いていく。

しかも、それはただ貫くのではない。

向かってくる【ウィンド・ボム】に【マジック・アロー】が接触した直後、【マジック・アロー】はまるで【ウィンド・ボム】に溶けあうように混ざり合い、魔術そのものが存在しなかったように消えていったのだ。

「ど、どういうことだっ⁉」

目の前で生じたありえない現象に、ジーノが驚愕《きょうがく》する。

攻性魔術のぶつかり合いにおいて、力の鬩《せめ》ぎ合いが発生するのは稀《まれ》だ。どちらか一方の魔術がもう片方の魔術を破壊するか、双方接触した直後に爆発するというのがよくあるケースだ。自らが放った魔術が全て相手の魔術と拮抗《きっこう》しているなどありえない。まして、それらが溶け合い消失するなど信じられない現象だった。

「な、なんだこれはっ⁉ なにをした最弱兵器っ⁉」

鋭い目線で睨みつけるジーノに、ウィリアムが教えてやる。

「お前の【ウィンド・ボム】と同じ魔力量の【マジック・アロー】をぶつけたんだよ。互いに魔力量と位相が同じなら、それは合成魔術と同じだろ。そのことを利用して打ち消したんだ」

【ウィンド・ボム】の封殺陣を、ウィリアムは平然と切り抜けていた。

「ば、馬鹿なっ⁉　た、他人の魔術に合成しただと⁉　な、なぜそんなことができるんだっ⁉」

「ちょうどいま師匠と合成魔術の修行をしているところなんだ。そこで魔力量を見極めることを徹底して学ばされたとき、できるかもって思ったんだよ」

「で、では先程の魔術は単なる【マジック・アロー】ではなく――」

　舞台下でイリスが叫ぶ。

『オ、オリジナル魔術だとっ⁉』

『見なさい、あれがあたしたちの教育の成果よっ⁉』

『ぐぬぬぬぬっ⁉　ま、待て「あたしたち」とはどういうことだ？』

『あら、それはね――』

『な、なにぃぃぃぃ――っ⁉』

　後ろからソフィアの自慢げな声に続きイリスの騒ぐ声が聞こえてきたが、ウィリアムは無視して戦うことにする。

「これでもう手詰まりだろ。それともまだやるのか？」

　イリスの指示を無視して、ウィリアムはジーノに警告した。

　切り札であろう【ウィンド・ボム】を無力化されてはもう打つ手がないと思ったからだ。

しかし、

「な、なめるなあああぁぁぁ――――っ！　はああああああああ――――っ！」

ウィリアムの目の前で、ジーノは一気に魔力を高め、【ファイア・ボール】と【ウィンド・カッター】を発現し、それを合成し始めた。

いまのウィリアムなら、この合成の隙を突くことなど簡単なことだ。

だが、妨害をしようとは思わなかった。

「俺が全力で生み出したこの一撃、受けられるものなら受けてみろっ！」

ジーノが放ってきた最後の悪足掻《わるあが》きを前に、ウィリアムは珍しく不機嫌な顔をしていた。

「お前も機嫌が悪いみたいだけどさ、事情がわからないまま面倒ごとに巻き込まれて俺だって迷惑しているんだ」

敢《あ》えてジーノに見せつけるように、ウィリアムはジーノ以上の魔力を以《もっ》て【ファイア・ボール】と【ウォーター・ボール】の合成を始める。

「馬鹿め、相克の合成魔術など成功するわけが――」

あり得るわけがないという眼差《まなざ》しを向けたジーノの前で、ウィリアムが【メギド・ストーム】を完成させる。

「ば、化け物があああああああああああああああああああっ！」

戦慄した挙句、大慌てで【ファイア・ストーム】を放ってきたジーノに対し、ウィリアムは容赦なく口にする。

「手加減するつもりはないから覚悟しとけよ」

ウィリアムが放った【メギド・ストーム】は、ジーノの【ファイア・ストーム】を打ち砕くとともにジーノの眼前で炸裂《さくれつ》し、強烈な爆風を生み出した。

吹き飛ばされたジーノは舞台の外にある壁面に激しく叩《たた》きつけられ、がくりと脱力したように動かなくなる。

その後間もなく観戦席が無数のざわめきに包まれた。ウィリアムの真の実力を知らない大半の者たちが目を丸くしている。

「勝者、ウィリアム・ハイアーグラウンドっ！」

審判の勝利宣言とともに、闘技場が一気に阿鼻叫喚《あびきょうかん》に陥った。

「な、なにが起きたんだっ⁉」

「あ、あいつは最弱兵器じゃなかったのかよっ⁉」

「まぐれじゃないわよねっ⁉」

「ジーノ先輩の強さは本物だ、まぐれなんかで勝てる相手じゃないっ⁉」

「い、いまの強さは……い、いったいなんなんだよっ⁉」

　これまでウィリアムを最弱兵器と見下し続けていた学園生たちが、ウィリアムの現在の強さを信じられずにいる。

『はんっ、どうやらようやく学園生たちが気づき始めたみたいね』

『うん。こういう光景が見たかったんだよね』

『うむ、さきほどまで散々文句を言っていたやつらがなにも言えなくなっているぞ』

　一気に変わったウィリアムへの評価に、イリスたちはしたり顔をしていた。

「なっ⁉　い、いまのはっ⁉」

「ウィル、あなたまたひとつ強くなったのねっ⁉」

　観戦席にいたレインとセシリーは、圧倒的な成長を遂げたウィリアムに舌を巻かされていた。

「あ、あいつは一体何者なんだっ⁉」

「つ、強いっ⁉　あ、あれが覚醒者の力なのかっ⁉」

「な、なんなのよあれは……」

　自分たちのナンバー2であるジーノが手も足も出ずにあしらわれたことに、カノンの仲間であるクラウディオたちが絶句する。そして、今後ウィリアムと戦う運命を如実《にょじつ》に感じとったカノンは驚愕しながらその名を口にする。

「あ、あれが……ウィリアム・ノアブラッドっ⁉」

※※※

放課後、保健室にて。

「俺は……負けたのか」

目を覚ましたジーノは、ベッドで横になったまま天井を見上げていた。

気絶する間際《まぎわ》の光景をジーノは覚えており、自分が保健室のベッドで横になっている状況と合わせて己の敗北を悟った。

人類の天敵である覚醒者に敗北したのは屈辱であるはずだが、不思議と負けても嫌な気分にはならなかった。

体に異常がないことを確かめたあと、ジーノはベッドから身を起こし、仕切りのカーテンを開ける。すると、よく見知った男ともう一人——聖職者の格好をしている整った容姿の男性がいた。

「そちらの方はどなたですか？」

ジーノが尋ねると、よく見知ったほうの男がジーノの間近まで近づき、無警戒だったジーノの胸部を貫手で貫き、心臓を握り潰した。

……訳がわからないままその場で目を見開き絶命したジーノを他所に、彼と知り合いだった男は聖職者の格好をしている男性に向き直る。

「お時間をとらせてしまい申し訳ございません。ここで始末する必要がありましたので」

「ええ、承知しています。人目を避けて殺害しなければ、我々は世界の法則に消されますからね」

「ご理解頂きありがとうございます、イグニス様」

男がイグニスの前で膝を折る。

「あなたに少しお願いがあるのですがいいでしょうか？　これの実験をお願いしたいのです」

「これは？」

「従来のものを改良した秘薬です。あなたが処分しようとしているカノン殿下の件、もし妨害する者がいればこれを使って排除してください」

イグニスから秘薬を受け取り、男は深々と頭を下げた。

三章　告白

学園代表選抜戦九日目の放課後、闘技場にて。

「来い、ウィリアムっ！」

目の前で騎士剣を構えて立ちはだかっているのは、カノンの仲間であり今回の試合相手でもあるクラウディオという名の一年生だ。

クラウディオは魔術を不得手としているが剣術を得意としている。また、カノンの仲間の中で唯一オーラを習得できた接近戦に特化した魔導士であり、体からうっすらとオーラを漂わせていた。

こいつ、オーラの使い手かっ⁉

想定以上の力を発揮したクラウディオを前に、騎士剣を手にしたウィリアムは意識を集中する。

「行くぞっ！」

ウィリアムは右腕の魔王紋を通じて生み出された黒いオーラを強引に体に纏《まと》わせる。黒いオーラはウィリアムの意思に反発するようにばちばちと音を立てていたが、構わずウィリアムはクラウディオに斬りかかった。

オーラとは超高密度の魔力の塊。すなわち強力なエネルギーであり、それを纏うということは肉体の性能を格段に上昇させるということだ。

二人の魔導士が刃を通じて激しくぶつかり合う。直後、力関係に基づき片方が激しく吹き飛ばされた。

「ぐわあああああああああああああっ！」

舞台の外にある壁に叩きつけられ、クラウディオはそのまま意識を失う。

一方、舞台に残ったウィリアムは漆黒のオーラを解いて呼吸を整えた。

「勝者、ウィリアム・ハイアーグラウンドっ！」

観戦席から盛大な歓声が沸き起こる。

この頃になると、ウィリアムの実力に送られる称賛の声も増えていた。

だが当のウィリアムは快勝にもかかわらず、どうもしっくり来ないんだよな、とどこか腑《ふ》に落ちない顔をしている。

しかし、観戦席から見る学園生たちがそのことを気に留《と》めることはない。

学園代表選抜戦が始まって九日目に至って、誰もがウィリアムの圧倒的な実力に目を奪われていた。当初はウィリアムの勝利に懐疑的だった者たちも、この快進撃を前にしたら認めざるを得ないのだ。

　ウィリアム・ハイアーグラウンドが間違いなく絶対的な強者であることを！

「どうやらウィリアム君の強さは特別のようですね」

　観戦席からウィリアムの試合を観察していたケイネスがつぶやく。

　これでカノンの仲間たちがウィリアムと戦うことはなくなった。なぜならば、誰もがウィリアムの圧倒的な実力の前に敗れ去ったからだ。

　ケイネスの隣で観戦していたカノンもその見解には同意だった。

「認めましょう、ウィリアム・ノアブラッド。あなたはたしかに強いです。ですが――くっ⁉」

　なにかを言いかけ、カノンは心臓より少し正中線寄りの個所《かしょ》を押さえた。

「魔力心臓《マナ・ハート》が痛むようですね、聖人化術式の影響でしょう。次第に魔力心臓《マナ・ハート》が術式に適応しますので、それまではどうか堪えてください」

「え、ええ。大丈夫です」

　ケイネスに助言されてすぐに痛みも引いたせいか、カノンは平静を取り戻し、言いかけた言葉を口にする。

「ですが、すでにウィリアムの実力の底は見えました。決勝までは勝ち上がってくるでしょうが、今のままなら確実にわたくしが勝てます」


夜中、林中にて。

ウィリアムは全身に漆黒のオーラを纏わせようと奮闘していた。

「はあああああああああああああああっ！」

唸《うな》るような声を発し、ウィリアムは意識を集中する。

だが、漆黒のオーラがこちらの思い通りに動くことはない。まるで意思がある別の生き物のように勝手に動こうとする。しかも、このオーラを体に纏わせようとすると頭の中にどす黒い意識が芽生え、ウィリアムの思考を支配しようとしてくるのだ。

ウィリアムの目には、目の前にいるイリスが自分の命を奪おうとする殺戮《さつりく》者に見えてしまっていた。

いますぐ騎士剣で殺害しなければならない。

そんな衝動に駆られて虚空《こくう》から騎士剣を展開し、気づいた瞬間にはイリスに斬りかかっていた。

咄嗟《とっさ》に騎士剣で受け止めたイリスと目が合い、ウィリアムはどうにか正気に戻る。その瞬間、ウィリアムの纏う漆黒のオーラは霧散していった。

漆黒のオーラに意識を乗っ取られ、破壊衝動に苛《さいな》まれること三度。この日ウィリアムは悪い意味で悟りを得た。

「こんな修行、こなせるわけがないだろうがっ⁉」

なかなか上手《うま》くいかない修行に、ウィリアムが声を大にして文句を口にする。その視線の先には、ウィリアムと同様感情的になって反論するイリスの姿があった。

『お前がその気になればできると言っているだろうが、いつまでも手を抜かずにとっととその気になれっ⁉』

「手なんか抜いてないって何度も言ってるだろっ！　でも、なんつーかこうしっくりこなくなったんだよっ！」

『馬鹿め、いつまでもふざけたことを言っていないでとっとと思い出せっ！　学園代表選抜戦の決勝でカノンにぼこぼこにされるぞっ！』

「そんなことを言われても、できないもんはできないんだって言ってるだろっ！　よくわからないけど、胸の中にもやもやしたものがあって集中できないんだってっ！」

あてもなければこうでもない。

ウィリアムが破壊衝動に呑み込まれずに漆黒のオーラを体に纏わせられるのは、せいぜい五秒がいいところだった。

不毛な言い争いを始めるウィリアムとイリスの傍《そば》には、やれやれといった様子で経過を見守っているソフィアとミオの姿もあった。

『あたしたちの修行で疲れていたせいじゃないわね、これは』

『うん。これはウィル君の弱点といったところかな』

そんな中、この日はこの場所を訪れる者がいた。

『失礼します、僭越《せんえつ》ながらただいま戻りました』

『あら、セシリーのほうはいいの?』

『いまのセシリーさんに覚えてほしいことは一通り教えてきました。あとはセシリーさんの努力次第だと思います。それで、どうなさったのですか?』

『どうやらウィル君が本気の出し方を忘れたみたいなんだ。そのことが原因でリスと喧嘩《けんか》みたいになっちゃっているの』

『本気の出し方を忘れた?』

ぱっと聞いただけではよくわからない内容に、とりあえずレインは二人の喧嘩の推移を見守ることにした。

『このわたしに反抗するとはいい度胸だ。覚悟しろウィリアム』

「ちょ、ちょょっと待てっ⁉　暴力反対っ⁉　う、うわあああああっ⁉」

幾度かの口論を経て和解の兆《きざ》しが見えないと思うや否《いな》や、突如実体化したイリスがウィリアムの腹部に抉《えぐ》りこむようなボディーブローを浴びせ、一撃でウィリアムをその場に倒れさせた。

「ふんっ、しばらくそこで反省していろ」

腹部に痛烈な一撃を浴びせられて悶絶《もんぜつ》しているウィリアムを放置し、実体化を解除したイリスはソフィアたちと協議を始める。

『このままではまずいぞ。わたしの予想よりウィリアムの成長が遅れている』

『オーラを操るのに必要な精神力が足りないみたいね。ウィリアムは性格が性格だから、これぱっかりは本当にまずいかもしれないわ』

『ウィル君は嫌なことから逃げ続けてきたから、精神的に未熟なんだよね』

難しい顔をして考え始めるイリスたちの輪の中に、レインが割って入る。

『あの……ウィリアムさんが本気の出し方を忘れたというのは、つまり手抜きをしているということでしょうか？』

『レインか、戻ってきたようだな』

この時点で、ようやくレインが戻ったことに気づいたイリスが説明する。

『手抜きとも違うな。少なくともウィリアムは全力でやっているつもりだろう』

『贅沢《ぜいたく》な悩みよね、まだ魔力に覚醒してから二か月にも満たない分際なのに……。本気の出し方を忘れるなんていう玄人《くろうと》じみたスランプに陥るんだから』

『あははは、ウィル君は良くも悪くも天才だからね』

『おいお前たち、さも他人事《ひとごと》のように笑っているが、本気の出し方を忘れているウィリアムに習得できるほど、ぬるい目標を設定していたということを自覚しろよ』

『それはウィリアムの適性によるところが大きいでしょ』

『そうだよ、わたしたちはちゃんと指導して成果を上げたよ。ウィル君に問題が起こっていたことに気づけていなかったのは本当だけどね』

話が脱線しつつあるイリスたちに、レインが尋ねる。

『その……本気と全力はどう違うのですか？』

『退けぬ覚悟で集中するのが「本気」、目の前の出来事に力一杯取り組むのが「全力」だ。ウィリアムは全力で取り組んでいるが、なぜか集中力が極限に達した際の感覚に至れないらしい』

『肉体はともかく、精神面が軟弱すぎるのよ』

『うーん、東部でセシリーちゃんたちを救おうと一念発起したときの気持ちがなくなっちやったのがよくなかったかな』

『時代の違いのせいか、予想外に面倒なことになったたな。世界滅亡の危機に瀕《ひん》していた千年前とは勝手が違いすぎる』

イリスたちの説明を聞いたレインは顎に手をやり、なにかひっかかることがあるようにつぶやく。

『だとしても、ウィリアムさんならそのような動機などなくても……』

『どうかしたのか？』

『いえ、なんでもありません』

気になることはあったが、自分よりも現在のウィリアムについて詳しいイリスたちの見解に、レインは口を噤《つぐ》むことにした。

『いずれにせよ、いまのウィリアムでは役に立たない。わたしたちの弟子である以上、今後あいつはこの世界に生きる人々の想《おも》いを背負う存在になる。そのためにあいつは自分の動機だけでなく、人々の想いを背負って戦える魔導士になる必要がある。そうでなければならないんだ。だが』

イリスは地団駄を踏んで叫んだ。

『なにが「なんかもやもやしていて繋《つな》がらないんだよ。もしかしたら本気の出し方を忘れたのかも」だ。そんな悟ったようなスランプを口にするには百年早いっ！』

ウィリアムはすでに気絶していたため、反論は一切なかった。

『レイン。お前が今日こちらに顔を出したのは、わたしたちに話があるからなのだろう』

『はい、ようやくわたしの心が決まりました』

セシリーの指導をこなす中で、レインはすぐに答えを得ていた。

それでも、この場所に戻るのに時間がかかったのは、セシリーの指導に一区切りつけておきたかったからだ。

『わかった、ウィリアムの件はお前に任せる。ウィリアムの心についてはお前が誰よりも詳しいからな』

『今後どうするかをまだ伝えていないのに、本当によろしいのですか？』

『気持ちの整理がついたのだろう。ならなにも問題ない。わたしと出会って以来、お前の本質はなにも変わっていない。答えなど訊《き》かなくてもわかる』

全てを悟っているようにイリスが告げてくる。

『お前の気持ちをウィリアムにぶつけてほしい。お前の想いにならあいつは応えようとするはずだ』

「もう無理～～～～～～～～～～～～～～っ!?」

意識を取り戻したウィリアムは完全にやる気を失っていた。地面に大の字で倒れ、一向に起き上がる気配がない。

「なんでかわからないけど、集中できないんだからこれ以上精度が上がるわけがないだろっ!?」

『こら、わたしがせっかくレインの前でお前を褒めたというのにその様はなんだっ!?』

「俺が知らないところでなにを褒めてたんだよ。そんなことよりもう無理～～～～～っ！（がくりっ！）」

『ちっ、また役に立たなくなったのか。この根性なしめ』

『でも、修行の内容もレベルアップしているからよく持ったほうだと思うよ』

『ほら、修行を再開するわよ。とっとと起きなさい！』

ソフィアがとりあえずといった様子で声をかけるが、ウィリアムは死んだ魚のような目で見つめ返してくるだけだった。

さすがにこの状態はまずいと思ったのか、ウィリアムを叩《たた》き起こそうとする者は誰もいなかった。

わたしがいない間にずいぶんと努力なさっていたようですね。

ウィリアムがこうなるのはやる気を使い果たすまで頑張った証《あかし》、と捉えているレインは内心で苦労を労《ねぎら》った。

『ちっ、予定が狂ったな。レイン、どうすればいいと思う？』

『その……またあれをするしかないのではないでしょうか』

レインの助言に、イリスとソフィアが同時に顔を引きつらせた。

あれというのは、修行に疲れてやる気を失ったウィリアムを奮起させるためのご褒美《ほうび》のことだ。

『だが、こいつはかつてのわたしが労ってやったのを侮辱したんだぞ。わ、わたしが使用済みのブラをあげたとき、こいつはその場に放り捨てたんだぞっ⁉　そのような不埒《ふらち》な輩《やから》をなぜわたしが再度労わなければならないんだっ⁉』

『そ、そうよっ⁉　あ、あたしのパンツを覗《のぞ》いたうえに侮辱したのよっ⁉　な、なんでこんなやつのことをまた労わないといけないのよっ⁉』

二人が猛烈な反発をする中、ミオだけは満面の笑みを浮かべる。

『そういうことならわたしが労うよ。ウィル君、せっかくだからこれから添い寝してあげるよ。もちろん下着姿でね』

『こら待て、お前はこいつに甘すぎるぞっ！』

『そうよっ！　無気力になる度にこっちが甘い対応をしたらウィリアムがつけあがるじゃないのっ！』

『たしかにウィリアムさんの性格ならありえますね』

『うーん、じゃあどうすればいいのさ？』

『しかたない。なら別の形で褒美をやろう』

行き詰まった話し合いに終止符を打つべく、イリスはウィリアムを見る。

『本来なら週末は一日中修行の予定だったが、休みにしてやる』

これまで微動だにしなかったウィリアムがぴくんと耳を動かすや否や、勢いよく起き上がった。

「ほ、本当だろうなっ⁉」

『ああ、本当だ』

「よっしゃあああ――――っ⁉」

渋面を浮かべるイリスの前で、ウィリアムはおおはしゃぎしていた。

『ちょっとっ⁉　そんなことをして大丈夫なのっ⁉』

『どの道ウィリアムがスランプに陥った状態では、修行を続けたところで成長は見込めないからな。賭けてみるほかあるまい』

『ふーん、リスにはなにか考えがあるみたいだね』

「さてと、せっかく休みになったから俺は家に帰って昼寝でも――」

『待て。わたしたちの修行を休みにするといったが、お前の好きにしていいとは言っていないぞ』

「どういう意味だよ？」

イリスがにやりと笑う。

『ここまで頑張ったご褒美として、わたしたちの修行に代えてお前にはレインとデートをさせてやろう』

『デ、デートっ!?』

「どういう意味だよ？」

ウィリアムが尋ねたとき、レインは目をぱちくりさせていた。

『決まっている。お前の年頃なら、レインのような美少女とデートでもすればやる気もでるだろう』

『えっ!?　えっ!?』

まさかの流れ弾に、レインは言葉が浮かんでこなかった。

も、もしかしてイリス様たちが施すご褒美の代わりとして、わたしにデートしろということですかっ⁉

「はあ、なに言ってるんだよ？」

どこか嫌そうにウィリアムが口にする。突然の事態に困惑しているレインは、とりあえずウィリアムを応援することにした。

が、頑張ってくださいウィリアムさんっ⁉

『そのままの意味に決まっているだろう。最近までずっと最弱兵器と侮《あなど》られる人生を送ってきたお前のことだ、これまで女子と遊びに行った経験などないだろう』

『レインのような美少女があんたとデートしてくれるんだから、もっと喜んだらどうなの？』

『本当はわたしもデートしたいんだけど、いまだけウィル君をレインに譲ってあげるよ』

み、皆様いったいなにをおっしゃっているんですかっ⁉

なぜか一致団結したかのようなイリスたちの意思表示に、ついにレインが口を挟む。

『ちょ、ちょっと待ってくださいっ⁉　な、なぜわたしがウィリアムさんとデートしなければならないのですかっ⁉』

『わたしとミオとソフィアはウィリアムにご褒美をあげたことがあるが、お前はまだあげていなかっただろう。お前なら上手《うま》くできそうな気がするからな。期待しているぞレイン』

なおもレインは抗議しようとするのだが、その機先を制するようにイリスは、

『このままではウィリアムが使いものにならん。頼んだぞ』

尊敬するイリスに真っすぐに見つめられてお願いをされ、レインはそれ以上何も言えなくなった。

ど、どうしたらっ⁉ い、いえ、イリス様にウィリアムさんの成長をお願いされている以上、わ、わたしがここで断るわけにはっ⁉

ごくんと固唾《かたず》を呑《の》んだレインが意を決してお願いする。

『ウ、ウィリアムさんっ⁉』

「なんだよ？」

『あ、明日わたしとデートしてくださいっ⁉』

「えっ⁉ お、お前、自分が何を言っているのかわかっているのかっ⁉」

『わ、わたしでは相手として不十分ということですかっ⁉』

「い、いや、そういう意味じゃなくて……」

なぜか顔を真っ赤にしたウィリアムがどぎまぎした様子で否定してくる。

ま、まずいっ⁉　このままではイリス様たちの計画が頓挫してしまうことにっ⁉

覚醒者たちから人類の未来を救うという悲願を果たすために、レインは混乱した状態で必死に考えを巡らせる。

そんなとき、

「ねえウィル、ここにレインさんが来てない？　修行の件について一通り教わったんだけど、確認しておきたいことがあって」

レインからなにかあったらここに来るように、と言い含められていたセシリーが顔を出した。

このとき、妙案が浮かんだレインはすぐさま実体化する。

「で、でしたら、わたしとセシリーさんと一緒ならどうでしょうっ⁉」

混乱したレインは、ウィリアムが自分一人とのデートを嫌がっていると解釈していた。

そこで、まんざらではない仲のセシリーと一緒ならウィリアムも納得してくれるはずだという考えのもと、本気で妙案だと思ってこの提案をしてしまっていた。

「えっ、レ、レインさんっ⁉」

突如実体化したレインに驚いたうえ、話の流れについていけないセシリーは当然戸惑っていた。

「セシリーさん、わたしと一緒にウィリアムさんとデートしてください」

「ちょ、ちょっとっ⁉　い、いきなりで話が見えないんですが、どういうことですかっ⁉」

「どうしたもこうしたもありません。セシリーさん、師匠の頼みなのですから、黙って言うことを聞くのが弟子の務めです」

「えっ、えっ、さ、三人でデートすることにいったい何の意味があるんですかっ⁉」

「そうだ。俺は家で寝て過ごすほうが——」

混沌《こんとん》とした展開にウィリアムが我儘《わがまま》を口にしようとする。しかし、

『ウィル君、デートを断るようなら、わたしたちとの修行をしてもらうことになるけどいいかな？』

「……わ、わかったよ」

笑顔の裏に潜むミオの迫力に負け、ウィリアムがしぶしぶ同意する。

「今週末はレインたちとデートをする。これでいいだろ？」

「ウィ、ウィルっ⁉」

セシリーはいまだに状況が理解できていない様子だったが、イリスたちの役に立てそうなレインは満面の笑みを浮かべた。

「は、はいっ⁉　よ、よろしくお願いしますウィリアムさんっ⁉」

週末、大通りにて。

「あら、早いのね。ウィルの性格なら時間ぎりぎりだと思ったわ」

大通りに面した広場には、私服に着替えたウィリアムのもとに歩み寄ってくるセシリーの姿があった。

ウィリアムは実家から追放されているだけあって、安物のシャツに無地のズボンという平民の中でも粗末な格好だった。

一方でセシリーはいまの流行である、ネイビーのジャケットにパンツのように裾が分かれている白いキュロットスカートを穿いており、カジュアルに着こなすその様は年相応のおしゃれを楽しんでいる様子だ。

目の前にいる才色兼備の美少女を前に、ウィリアムはちょっと見惚《みと》れたが、幼馴染《おさななじみ》という印象もあってかすぐに自然体に戻った。

「ちょっと訳ありでな。寮を早めに出る必要があったんだよ」

「ふーん、そうなんだ。ところで、気になっていることがあるんだけどいいかしら？」

「なんだよ？」

「本当にデートしようと思っているの？」

「まあ正直デートなんてどうでもよくて、修行をサボれればなんでもいいと思ってる」

「やっぱりね。そんなことだろうと思ったわ」

ま、見抜かれるよな。

ウィリアムの目的はイリスの修行から少しでも長く逃げることであり、デートはそのための手段に過ぎない。

ただ、修行が滞っていることがひっかからないわけでもない。

苦行から早く逃れたいという一心で、ウィリアムは修行に真面目に取り組んでいる。

だが、今回は戦う理由がないと思っている自分がいる。そのことがひっかかり、もやもやしたものとしてずっと頭から離れない。

「そういえば、お前どれだけできるようになったんだ？　レインから聞いた話だと真面目で一生懸命に取り組んでいたそうだけど」

「そうね。レインさんから教わった修行方法を試したら、魔力量が一気に増えちゃったの。第五階梯《かいてい》魔術を無詠唱で連続発現できるようになったわ。脳のリミッターの外し方もある程度摑《つか》めてきたし」

「げっ、なんだかお前成長するのが速くないかっ⁉　俺のときはもっと時間がかかったぞっ⁉」

「うん、早くウィルに追いつけるように頑張ったのよ。偉いでしょ」

「偉いよ、偉いんだけどさ……あまり頑張りすぎるなよ。お前が優秀だと俺まで同じことができると勘違いされるからな。はあー」

今後さらに厳しくなるだろうイリスたちの指導を想像し、ウィリアムは休日にもかかわらず意気消沈する。そんなウィリアムの姿を見て、セシリーはくすくすと笑ったあと、

「そういえばあれだけの実力者に指導してもらっているのに、なにかお礼しなくていいのかしら？」

「……お前、なにを言ってるんだ」

「あなた、なんて顔をして言っているのよ」

地獄のような修行の日々が思い出されたウィリアムは、そんな日々を送らせてくれたイリスたちに感謝しようとするセシリーにどんびきしていた。

幼少の頃より真面目に魔術の修行をしてきたセシリーと、サボり続けてきたウィリアムでは、教育に関する価値観の共有が難しいようだ。

「ところで質問があるんだけど、レインさんっていったい何者なの？」

答え辛《づら》い質問に、ウィリアムは逆に尋ねることにする。

「レインはなんて言ってたんだ？」

「詳しいことは特になにも教えてくれなかったの。あれだけ魔導に関する知見が深いのに名前以外自分のことを教えてくれないなんて、相当な訳ありってことぐらいしかわからなかったわ」

「ま、訳ありなのはその通りだ。それをわかっていればいいと思うぞ」

実際のところレインについては、ウィリアムも教えてもらっていないことがある。

イリスの助言がウィリアムの脳内で蘇《よみがえ》る。

――もう少し時間はかかるだろうが、レインなら自分で答えを見つけられる。いずれお前の隣に戻ってくるだろう。そのときに自分で確認するといい
今日はレインから、聖人関連の話をしてもらえるようにしないとな。

詳しい事情を知らされないままカノンと戦うことになったので、ウィリアムはまだ戦う理由が定まっていない。だが、学園代表選抜戦で負けるようなことがあれば、レインをかなり失望させてしまうことはわかる。

ゆえに、これまでは惰性とでもいうべき中途半端《ちゅうとはんぱ》な気持ちで学園代表選抜戦に臨んできた。

これまでは曖昧な気持ちでも勝てる相手だったからいいけど、いまのままだとカノンには敵《かな》いそうにないんだよな。

そんなことを考えていると、

「お待たせしました」

レインの声がしたので振り向くと、そこにはこれまで見たことのない美少女の姿があった。

よく見れば、それは青いリボンのついた白い帽子に白いガーディガンを羽織り、ふんわり感と透け感のあるうっすらと青みがかったフレアスカートを穿いて、お淑《しと》やかさと優雅さを両立させているレインの姿だった。

「お、お前、その服はどうしたんだよっ⁉　普段着ている服以外も持っていたのかっ⁉」

「イリス様がわたしのために仕立ててくださったそうです」

どうやって仕立てたかはわからないが、これだけは言えることがある。

あいつ、レインにはやたらと甘いんだよな。その優しさを少しは俺にも分ければいいのに。

そんなことを考えていると、セシリーが肘で小突いてきた。

「どうしたんだよ？」

「ちゃんと褒めなさいよ。あれだけお洒落《しゃれ》するのは大変なのよ」

セシリーに耳元で囁《ささや》かれ、ウィリアムは素直にアドバイスに従うことにした。

「その……に、似合っているぞ」

「ありがとうございますウィリアムさん。少しはやる気が出ましたか？」

「ちょ、ちょっとはなっ⁉」

ウィリアムは恥ずかしそうにつっけんどんに言った。

「やる気ってなんのことよ？　レインさんになにかいやらしいことをせがんでるんじゃないでしょうね？」

「そ、そんなことじゃねえよっ⁉」

「どうだか」

「ふふっ、安心してください。このデートはウィリアムさんのやる気を出させるという目的があるだけです」

「へえー、そうなんですか。ねえウィル、あなた修行をサボれるからうれしいみたいなことを言っていたけど、じつはまんざらでもなかったの？」

「なっ、そ、そんなわけないだろっ⁉」

「わ、わたしとのデートが嫌だったということでしょうかっ⁉」

「い、いや。そういうわけじゃなくてだなっ⁉」

「ふふっ、ウィルが慌ててる」

「セシリー、お前わざと言っていただろっ！」

「だってウィルがレインさんを見て、鼻の下を伸ばしていたんだもん」

「の、伸ばしてなんかないってっ⁉」

そんなやり取りの後、三人は揃《そろ》って街中を歩くことにした。

※※※

同時刻、ウィリアムの部屋にて。

『今頃は三人仲良く街を歩いているくらいかしら』

『ねえ、リスはどう思う？』

なぜかにやにやとした笑みを浮かべたソフィアとミオに話しかけられ、苛立《いらだ》ったイリスは声を荒らげる。

『お前たち、なぜにやにやした表情をわたしに向けてくるんだ？』

『なんだかんだ理由をつけてたけどさ、リスはレインにウィル君と二人っきりでちゃんと話をする機会をあげたかったんでしょ？』

『な、なんの話だっ⁉』

『あら、とぼけても無駄よ。レインは周りに遠慮して一歩引くくせがあるから、あんたが親心出して配慮したんでしょ。わざわざデート用の服を用意していたあたり、もうバレバレよ』

『ぐぬぬぬぬぬっ！』

後ろめたいことではないが、見透かされ泳がされていたことに、イリスは羞恥と屈辱感を覚えていた。

『だ、だったらどうだというんだっ⁉　レインはわたしの従者なんだぞ、主であるわたしが従者を気遣ってなにが悪いっ⁉』

『あら、怒っているの？　ふふっ、なんだかんだ言ってあんたってレインに過保護なのよね』

『リスってこういうところがかわいいよね。その優しさを、少しはウィル君に分けてあげればもっと仲良くなれるのに』

『ふんっ、ウィリアムとわたしは弟子と師匠の関係だから、いがみ合うくらいでちょうどいいんだ』

拗《す》ねたようにそっぽを向いたあと、イリスは真顔になった。

『そんなことよりカノンに聖人化術式を教えたであろう件《くだん》の覚醒者についてだが、お前たちはなにか摑めたか？』

『それなんだけど、こっちの目を警戒して姿を現さないようにしているんじゃないかな』

『そもそも神力の気配がしないわ。あたしたちが摑めないのは絶対に不自然よ』

『ふむ。もしかすると神力を隠蔽するものが存在している可能性があるな』

千年前には存在しなかったものだが、世の中に不変なものなどはない。だから、ありえないなどありえない。

『もしその通りならやっかいなことになるわね。それってつまり、覚醒者が神力を隠して人間社会に溶け込めるってことでしょ』

『だとしたら、神力の気配から覚醒者を探し出そうとしていたわたしたちの試みは無駄だったていうことになるね』

薄々は可能性として感じていたのであろう、ソフィアもミオもすぐに状況に適応していこうとする。

幾つかの疑念について、仲間たちから同意を得たことでイリスも確信した。

『やはりイグニスの発言には裏があったか。面倒なことにならないといいが』

※※※

お昼過ぎ、商店街にて。

「ウィル、次はあっちのお店に行くわよ」

「ウィリアムさん、今度は向こうですよ」

「お、おいっ⁉　お前らはいったい何軒回れば気が済むんだよっ⁉」

衣類の入った箱を幾つも重ねるようにして抱えているウィリアムが抗議するも、セシリーとレインには聞こえていないようでウィリアムは荷物持ちとして引っ張り回されていた。

このようなことになったのは、ウィリアムがノープランであることが発端だった。

レインやセシリーの中では、てっきりウィリアムがデート計画を練ってくるものだと思っていたのだが、当のウィリアムはなにも考えていなかったのだ。

ではそれからどうするとなった段階で、セシリーがレインと一緒にブティック巡りをしたいと言い出し、衣類にはまったく興味関心のないウィリアムが必然的に荷物持ちをする

という流れになった。

ちなみにイリスがレインになぜか貴金属を持たせていたらしく、それを古物商で換金してこの日の軍資金にしていた。

こ、これじゃあ修行をサボった意味がないような気が……。

間違っても怠惰とは言えない時間の過ごし方に、ウィリアムは抗議しようと口を開くが、
なにも言わずにそのまま口を噤《つぐ》んだ。

でもま、レインが喜んでいるようだからいいか。

ウィリアムの視線の先には、イリスたちに仕える慎み深い態度とは違い、気取りのない表情で微笑《ほほえ》むレインの姿があった。

「さてと、そろそろお昼にしよっか。レインさん、近くに学園生たちに人気のレストランがあるんです。そこに向かいましょう」

「ふーん、そんな店があるのか」

「ウィル、あなた少しは社交性を持った方がいいわよ」

一通り買い物が終わったタイミングで、セシリーの提案に従ってウィリアムたちはレストランに向かうことにした。

場所がわかるセシリーが先導してくれたので、ウィリアムの隣には自然とレインが並び

一緒に歩いていた。隣を歩くレインが不意に視線を向けてくる。

「あの……ウィリアムさん」

「どうしたんだ？」

「その……じつはですね……」

レインがなにか言おうとしていたので、ウィリアムは聖人の件の話である可能性も考慮し、もう少し待ってみることにした。

「じ、じつは――」

「あら、このようなところで出会うなんて偶然ですね」

レインがなにか言いかけたとき、ふと声がかかった。そちらを見れば友人兼護衛を引き連れたカノンがいた。

「この前の試合はわたくしも拝見させて頂きました。見事勝利を飾ったようですね」

「まあな」

ウィリアムが短く返すと、カノンの傍《そば》に控えていたクラウディオが「くっ⁉」と苦虫を噛《か》み潰したような顔をする。

ウィリアムに敗北したのが胸に堪《こた》えているらしい。

「ですが、あなたはオーラの使い方が未熟です。決勝ではあなたとわたくしが相対することになるでしょうが、その際あなたは未熟さを後悔することになるでしょう。あなた方に暗殺されたジーノの仇《かたき》も、そこで討たせてもらいます」

「なにを言ってるんだ？　俺たちが暗殺したってどういう意味だよ？」

覚えのない憎しみをぶつけられ、ウィリアムが首を傾《かし》げた。だが、そのことでなぜかカノンが苛立ちを覚える。

「しらじらしい、どうやらあなたとは話をするだけ時間の無駄のようですね。これで失礼……くっ⁉」

「カノン殿下っ⁉」

「大丈夫です。これくらいどうということはありません。薬もあります」

案ずる仲間たちを落ち着かせながら、一瞬胸の辺りを押さえたカノンが去っていく。

「いまの症状は……」

「どうかしたんですか？」

セシリーが尋ねていたが、レインは難しそうな表情を浮かべるだけだった。

「あいつはいったい何を言っているんだ？」

「それはわたしにもよくわかりません」

ウィリアムとレインが首を傾げる。その後、ウィリアムはセシリーが難しい顔をしていることに気づいた。

「なあセシリー、お前は何か知っているか？」

「そうね、ウィルたちになら教えておいたほうがいいかもしれないわ」

周りを見たあと、セシリーは少し声を潜めて伝えてくる。

「これは学園の教師や騎士団の関係者にしか知らされていないのだけれど、ジーノさんが殺害されたらしいわ」

穏やかではない話に、ウィリアムもレインも眉を顰《ひそ》める。

「犯人はまだ見つかっていないの。でも、ジーノさんを倒せるくらいだから腕の立つ魔導士であることは確かよ」

「まさかその関係で俺が疑われてるってことか」

「そうみたいだけれど、ウィルを疑っているのはカノン殿下くらいじゃないかしら。いまの捜査状況で、どうしてウィルが疑われているかはわたしにもよくわからないわ」

「げっ、なんだよそれ」

どういう経緯かもわからずウィリアムは呆《あき》れる。

まさかイリスが宣戦布告したせいで恨みを買ったからじゃないだろうな、と疑いもしたが、よく考えればカノンが国家権力を用いて嫌がらせしてくるとは思えなかった。

「あなたに不満があるのはわかるけれど、証拠がない限り犯人扱いされることはないから安心していいわ。問題があるとすれば、いまこの近くに犯人がいる可能性は捨てきれないことね」

これまで穏やかに見えた街並みが、一転して影が差したように見えた。

『ウィリアムさん、気を付けたほうがいいかもしれません。ジーノさんほどの魔導士が殺害されたとなると――』

（まさか覚醒者の仕業ってことか）

『あくまで可能性の問題です。ですが、聖人化術式や聖女について知る者がいることを考えると、どうにも裏があるような気がしてなりません』

自分の想像以上に逼迫《ひっぱく》していた状況に、ウィリアムの表情が曇る。

『ウィリアムさん、大事な話があります。少し時間を取ってもらえますか？』

「セシリー、わるいけどレインと二人で話したいことがあるんだ。荷物を預かってくれないか？」

ウィリアムからうっすらと漂っている並々ならぬ気配を感じたのだろう、セシリーはなにも聞かずに頷《うなず》いた。

「わかったわ。でも、尾けられているみたいよ」

指摘を受けたウィリアムは一旦目を閉じて気配を探る。

存在の気配に敏感ないま、こちらを見てくる者の視線を探ることは難しくなかった。

「そうみたいだな。その……ちょっと協力してほしいことがあるんだけど」

「貸しひとつと言いたいところだけれど、レインさんにはお世話になっているから貸し借りなしにしてあげる」

お目当てのレストランに入ったように見せかけて、ウィリアムとレインはお店の裏口からすぐに外に出る。

監視していたモニカとソーニャが、ウィリアムとレインの不在に気づいたのは、購入した大量の品々を持って帰るためにセシリーが荷馬車を手配しようとしていたときだった。

午後、学園敷地《しきち》内にて。

大事な話があるって言ってたけど、こんなところに用があるのか。

レインに連れられ、ウィリアムがやってきたのは学園だった。といっても校舎の中に入るのではなく、学園の敷地内に併設された礼拝堂に向かっていく。

『こちらです』

実体化を解除しているレインが礼拝堂の中に入っていき、ウィリアムもそれに続くようにして中に入った。

休日の礼拝堂には人の姿はなく、レインは自分たち以外いない屋内を見回したあと階段を見つけ、地下へと降りていった。

『もともとこの建物はわたしたちが生きていた時代に作られたものなんです。いつまでも同じ場所にあり続けて違和感がないように工夫されています。上物は作り替えられてしまっているようですが、地下は千年前の魔術で守られていますから簡単には壊れませんし、壊せないように作ってあります』

封印を解く資格のある者を長きに亘《わた》って待つために、イリスたちが特別な細工をしていたということだろう。

待ち続ける間に自分たちの存在が土に埋もれてしまっては意味がない。きっと現代では失われてしまった魔術で工夫されているはずだ。

『ここが開かずの間です。ウィリアムさん、この扉に触れてもらえますか?』

「ああ」

肌から伝わる感覚で、強力な魔術が扉を覆っていることがわかった。レインに促されたウィリアムが取っ手に触れると、扉を守っていた魔術があっさりとなくなり、開かずの間が開いた。

「これは……」

中に入ったウィリアムの瞳に映ったのは、狭いスペースに設けられた祭壇であり、その中央に据えられたレインを象《かたど》ったような女性の像だった。

『わたしという存在を理解してもらうには、この場所が一番わかりやすいんです。ですから、ウィリアムさんにはここに来てもらいました』

どういうことだ？　と尋ねるような目をウィリアムは向ける。

『いまウィリアムさんの周りを騒がせている聖人について説明する前に、ひとつ知っておいてもらいたいことがあります。じつは魔王の従者というのは、本来のわたしの立場ではないんです』

これまで秘密にしてきたことをレインが伝えてくる。

『わたしの本来の立場は聖女。千年前の世界を人類絶滅から守るための、世界の救済者なんです』

※※※

――これはレインがまだ聖女と呼ばれていた千年前の時代の話だ。

聖教会本部、会議室にて。

覚醒者の襲来によって荒廃した世界において、人々は宗教に救いを求めるようになりました。

そして優れた治癒能力を持つわたしはその素養を買われ、いつの間にか聖女としての地位を得るようになっていました。

「ソドム枢機卿《すうききょう》、なぜ未完成の聖人化術式を広めようと思うのですか？」

会議において、聖人化術式の普及を推奨したソドム枢機卿にわたしは尋ねます。

聖人化術式というのは、聖女が生涯でたった一人だけ生み出せる聖人を、聖女以外の魔導士の手で際限なく誕生させるものです。

わたしが聖女に就任する以前よりその研究は進められており、聖女でなくとも聖人を誕生させることに成功していました。それは一見すると人類の希望となりうるものでしたが、実態は重大な副作用が伴うものでした。

「あの術式には被術者に一時的に強大な力を与える代わりに、被術者の魔力心臓《マナ・ハート》に回復不可能な負荷を掛け、寿命を一気に縮めるという致命的な欠陥があるはずです」

わたしが問題点を指摘すると、ソドム枢機卿が答えます。

「欠陥についてはこちらで修正しておきましたのでなにも問題ありません。聖女様には、こちらの術式にお墨付きを与えて頂きたいのです」

お墨付きというのは、聖女であるわたしが有用であると認め、多くの被術者を集めるということを意味します。

「聖女様もご存じの通り、覚醒者による人類滅亡の危機が迫っているいま、我々にはさらなる希望が必要なのです」

人類が滅亡の危機に瀕《ひん》しているいま、人々が生きるには根本的な希望が必要でした。それはわたしのように人々を癒《いや》すのではなく、覚醒者を倒すものでなくてはなりません。

人々に聖女と崇《あが》められながら、わたしも希望を求める者の一人だったのです。

「本当にあの術式の欠陥を克服できたというのですか？」

「はい、間違いなく」

ソドム枢機卿がなんの躊躇《ちゅうちょ》もなく返事をします。

わたしには、それが嘘《うそ》だということを見抜けませんでした。

後日、わたしは部下から上がってきた報告書を確認し、執務室にソドム枢機卿を呼び出しました。

「ソドム枢機卿、これはいったいどういうことですか？」

じつは数日前に、覚醒者との戦いで聖人化術式を使用した者たちが死亡したという報告がありました。なんでも聖人化術式を使用した者たちだけが、戦闘後に胸を押さえるようにして揃《そろ》って亡《な》くなったようです。

これはおかしいと思ったわたしはすぐに検死を指示し、その報告書を確認しました。

「犠牲者たちに外傷はなく、魔力心臓《マナ・ハート》のみが破裂している。これは魔力心臓《マナ・ハート》に甚大《じんだい》な負荷が掛かっている証拠なのではないのですか」

これはおかしい、と思ったわたしはソドム枢機卿に尋ねました。すると、

「ははは、まさか本当に聖人化術式の欠陥が改善できたと思っていたのですかな？」

「わたしを騙《だま》したというのですかっ⁉」

ソドム枢機卿はわたしの前で声を上げて笑い、自らの成果を誇り始めたのです。

「わたしが普及した聖人化術式のお陰で、我が教会は人類で初めて覚醒者の撃退に成功したのです。たった数人の犠牲で聖光教会の権威は世界有数のものとなりました。これは世界に住む人々にとって希望に他なりません」

続けて、ソドム枢機卿が真実を伝えてきます。

「とはいえ、倒せるのは眷族《けんぞく》だけで使徒には敵《かな》いません。眷族と戦った場合も魔力心臓《マナ・ハート》に

尋常ではない負担がかかるため被術者は必ず死にます。ですが、黙っていればいいのです。真実を偽りで覆い隠すことで多くの人々は救われるのです。これのどこに問題があるのですかな」

「ソドム枢機卿、聖女の権限であなたを罷免します」

「聖女といっても、あなたは大勢いる聖女候補の中から選ばれたお飾りの存在に過ぎません。代わりはいくらでもいるので、やめたくなったらいつでもやめてもらってかまいませんよ。その場合、あなたのご家族の生命の保証はしかねますが」

「……あなたという人はどれだけ卑劣なのですかっ⁉」

その後、わたしは聖人化術式とソドム枢機卿の悪行について告発することができませんでした。家族の安全のために躊躇してしまったからです。

それからすぐ、わたしはソドム枢機卿の手の者によって暗殺されかけていたところを、イリス様によって救われ、教会勢力と対峙《たいじ》することになりました。その間にも多くの信徒の方々が聖人化術式の犠牲となってしまいました。

聖人となり覚醒者を倒せば世界が救われる。誰もがそんな幻想を抱きながら、自らが絶対に死ぬことを知らずに、覚醒者との戦いに駆り出されていきました。

もしわたしに勇気があればあの場でソドム枢機卿の悪行を暴き、聖人化術式の犠牲になる人々を減らせたはずです。

それがわたしの罪であり、一生背負っていかなければならないもののはずでした。ですが、わたしは千年後の世界に来て、その罪を知る者が誰もいないため、何も禊《みそぎ》を果たしていないにもかかわらず、少しだけ救われたような気になっていたのです。

ですがこの時代で聖人化術式を見つけたとき、わたしは過去と向き合わざるを得なくなり、無能な聖女としてなにをするべきか悩み、情けないことに迷ってしまいました。

※※※

ま、やっぱりレインもそういう立場なんだろうな。

イリスたち三人と一緒に封印されていたのだ、特別な立場でないほうがおかしい。

うっすらとそんなことを考えていたウィリアムに大きな驚きはない。だが、レインが枢機卿に騙された一件で、とんでもない負い目を背負わされたことは衝撃的だった。

『これが聖人化術式を滅ぼさなければいけないと、わたしが考える理由です。いままでお伝えできず申し訳ありませんでした』

頭を下げてくるレインに、ウィリアムが尋ねる。

「相当言い辛《づら》かったはずだけど、なんでいまになって俺に説明しようと思ったんだ？」

『わたしは戦闘に不慣れなため、ウィリアムさんの師匠にはなれませんでした。それでもこの時代で生きると決めたからには、過去の過《あやま》ちをいつまでも引《ひ》き摺《ず》らずに、いまできることを愚直にこなすしかないと思いました。だからウィリアムさんに伝えたんです』

レインの真っすぐな瞳がこちらを捉えた。

『わたしはウィリアムさんのサポーターですから』

その瞬間、ウィリアムはいままで自分の中にあったもやもやしたものが全部綺麗《きれい》さっぱりなくなった気がした。

「そっか。ようやく俺の中で繋《つな》がったよ」

たったひとつの想《おも》いが、ウィリアムの心に紡《つむ》がれていく。

「お前がカノンを倒そうとしていた理由がわかって納得したんだ。今回の件、俺にはお前が戦う理由がよくわからなかったからな。でも、いま理由を聞いたから繋がったと思う」

『繋がった？』

「ああ。俺の中で戦う理由みたいなものに納得がいったんだ。本当のことを言うと、どうして俺が決勝でカノンを倒さないといけないのかって疑問に思っていた。俺が倒す理由なんて本当のところはなかったんだ」

これまではレインのためになんとなく頑張ろうとは思っていた。

状況が状況だから仕方ないとも思った。

だが、そんな理由は全て紛《まが》いものだ。

自分の心で思ったことじゃない。

「でも、いまは違う。いまなら俺はカノンを倒したいと思える」

『ウィリアムさんは、これから人々の思いを背負っていく存在になることでしょう。ですので、わたしから祝福を授けようと思います』

レインは実体化しながら錫杖《しゃくじょう》を取りだし、足元に魔術陣を浮かび上がらせる。

レインが祈りを捧《ささ》げると、ウィリアムの左腕に光が集まった。ウィリアムが袖を捲《めく》ると、左腕に十字の紋章が刻まれていた。

「これは？」

「わたしの覚悟の証《あかし》のようなものです。それはウィリアムさんを強くすることができますが、いまのウィリアムさんの力量では効果は発揮されません。もう少し強くなる必要があります。ですが、今後の頑張り次第では役に立つ機会が来ると思います」

夕暮れ時、学園の敷地内《しきち》にて。

「それで、カノンが聖人化術式を広めようとする理由はお前にもわからないのか？」

用事を済ませたウィリアムがレインに尋ねた。

「はい、人々を不幸にする目的が不明です」

ウィリアムはカノンのことをほとんど知らないが、責任感の強いレオナルトの妹であり人望もあることから、王族としてもしっかりしているはずだとは思う。

「たしかなことはわからないけど、なんだか裏がありそうだな」

ウィリアムがそうつぶやいた直後、不意に大きな爆発音が響いてきた。二人は揃って音のした方向を向く。

『ウィリアムさんっ⁉』

「ああ、微《かす》かだけど神力の気配があったな」

校舎の向こう側から断続した爆発音が聞こえてくる。

魔術を駆使した戦闘の音だ。

状況から察するに、誰かが覚醒者と戦っているのは間違いないだろう。

戦闘音が次第《しだい》に近づいてきていた。

『ウィリアムさんの実力で勝てる相手ではありません。逃げてください』

「なんだか妙じゃないか。覚醒者がイリスたち並みに強ければ、そもそも街一つ軽々と吹き飛ばせるような存在のはずだろ。なのに普通に戦ってるなんて」

ウィリアムが疑念を口にした直後、一際《ひときわ》大きな爆発音が響く。その直後、ウィリアムの目の前にカノンの仲間であるクラウディオとモニカが吹き飛んできた。

「お、おいっ⁉　しっかりしろっ⁉」

慌てたウィリアムが声をかけるがすでに意識はなかった。とんでもない攻撃を浴びて意識を刈り取られたのだろう。

『ウィリアムさんっ⁉』

「ちっ、まだ助けるかどうかも決めてないのに」

間を置かずしてソーニャと、銀仮面をつけて頭からフードを被《かぶ》った人物が現れる。ソーニャが放った【サンダー・ボルト】を、銀仮面は腕を振るって引き裂いてみせた。

両者の実力には相当な開きがあるらしい。

『ウィリアムさん、あの銀仮面は覚醒者ですっ⁉』

「これがイリスたちの敵かっ⁉」

ウィリアムの姿に気づいたソーニャが叫ぶ。

「ウィリアム・ノアブラッドっ⁉　くっ、尾行してきたわたしたちを罠《わな》に嵌《は》めたのかっ⁉」

まさかこいつ、俺を捜している途中に覚醒者に襲撃されたのかっ⁉

少しずつウィリアムが状況を把握する一方、戦闘中にもかかわらずウィリアムに気を取られたソーニャの隙を、銀仮面は見逃さなかった。

「ば、馬鹿っ⁉　前を見ろっ⁉」

ウィリアムが警告するも間に合わず、よそ見をしていたソーニャは一気に距離を詰められる。不意を突かれたソーニャが慌てて攻性魔術を放つも、銀仮面の右腕にあっさりと引き裂かれ、さらに強烈な力で殴り飛ばされる。地面にのめり込んだソーニャが起き上がることはなかった。

（素手で魔術を引き裂いたっ⁉　いったいなにが起こったんだっ⁉）

『ウィリアムさん、覚醒者には権能と呼ばれる特別な力があります。もしかするとあの銀仮面の腕には魔術を引き裂く権能があるかもしれません』

ちっ、覚醒者ってやつはなんでもありか。

ウィリアムは無言で虚空《こくう》から取り出した騎士剣を構えた。

額には自《おの》ずと脂汗が浮かぶ。

イリスたちのサポートがない中、格上と相対するのは初めての経験だった。

「聖女様、こんなところでお会いするとは縁とは不思議なものですね」

ウィリアムなど視界に入っていないように、銀仮面はレインに話しかけた。

『あなたは誰ですっ⁉　名乗りなさいっ⁉』

「ははは、わたしが名乗るのはあなたが死ぬときだけです。いまはそのときではありません。ですが――」

銀仮面の瞳がウィリアムに向けられる。

「あと一人くらいなら始末してもいいかもしれません」

その直後、銀仮面の力が一気に増した。まるでオーラでも発現したかのように銀仮面の存在感が増していき、強烈な重圧が放たれてくる。銀仮面の背後に巨大な死神の守護霊がいるかのような錯覚にウィリアムは陥り、気づいたときには全身が震えていた。

「これは……」

『落ち着いてくださいウィリアムさん、神力に当てられたんです。相手は眷族《けんぞく》のようですが注意しないと呑《の》まれます』

レインの一声で、ウィリアムは落ち着きを取り戻す。

「くっ、厄介な力だな」

カノンのオーラよりずっと強力で禍々《まがまが》しい力だ。

カノンに対しては抱かなかった、存在としての格の違いをウィリアムは覚えさせられた。

「そういえばあなたはまだオーラを上手く扱えないんでしたね。なら、わたしに抗えるなど思わないことです」

その身に黒いオーラを宿した銀仮面が、ウィリアムに向かって間合いを詰めてくる。

『逃げてくださいウィリアムさんっ⁉』

「逃げたところですぐに追いつかれる。だから、ここでやるしかないだろ」

彼我の力量差を理解できたからこそ、ウィリアムはここが勝負所と判断し踏みとどまった。

落ち着け。イリスから学んだあれを発現すれば、この状況を切り抜けられるはずだ。

『だ、ダメですウィリアムさんっ⁉　ウィリアムさんはまだ一度も成功していないんですよっ⁉』

レインが警告していたが、すでにウィリアムには聞こえていなかった。

レインのために、ここで負けるわけにはいかないな。

戦う理由が見つかったいまウィリアムに迷いはない。

ウィリアムは右腕にある魔王紋に魔力を集め、そこから生み出された漆黒のオーラをその身に宿らせていく。

依然漆黒のオーラがばちばちと音を立てて反発しているが、ウィリアムは構わず銀仮面に向かっていく。

「はあああああああああああああああああっ！」

「死になさい」

勢いよく立ち向かったウィリアムと迎え撃った銀仮面。ウィリアムの騎士剣と銀仮面の神力で強化された腕がぶつかり合い、まるでスパークのようにオーラと神力が弾《はじ》け合う。

しかし次の瞬間、不意に漆黒のオーラが霧散し、ウィリアムは吹き飛ばされた。

「ぐはっ⁉」

『ウィリアムさんっ⁉』

青い顔をして口から血を吐いたウィリアムのもとに、レインが慌てて駆け寄ってくる。

くっ、ぶっつけ本番は無理だったか。

「運がよかったようですね、まともにオーラを扱えないのに生き残るとは」

そう言って再び神力を充填し始める銀仮面。再び神力による攻撃を放とうとする銀仮面を前に、ウィリアムが悔しそうに奥歯を噛《か》み締《し》める。

『……ウィリアムさん。大丈夫です、できます』

絶望的な空気の中で放たれる想定外の一言に、ウィリアムは思わず顔を上げた。

『いまのウィリアムさんにならできます。わたしを信じてください』

銀仮面を睨《にら》みつけながらレインが言った。なんの迷いもなく口にするその横顔を見て、ウィリアムは決意する。

「わかった。次で決める」

ウィリアムは立ち上がり、再び騎士剣を構えた。

それはウィリアムをよく知る者ほど、まったく彼らしくないと口にしてしまう姿だった。

なぜなら、いまのウィリアムには何のだらしなさも無い。

体中ぼろぼろであるにもかかわらず、スイッチが入ったかのように別人になっている。

ウィリアムには満身創痍《そうい》という自覚があり、ベストコンディションから程遠いことは理解できていた。

だが、不思議といまのほうが先程よりも集中できる気がした。

絶対的強者を相手に立っているのもやっとのはずなのだが、なぜかウィリアムはいけると思った。

どういうことだ、この感覚は……。

「何度やっても無駄なことです。あなたはここで死になさい」

再び漆黒のオーラを体に纏ったウィリアムが銀仮面に告げる。

「来いっ！」

今度は、迫ってくる銀仮面をウィリアムが迎え撃つ構図となった。

再度オーラと神力がぶつかり合う。銀仮面の神力を前に、再びウィリアムのオーラが霧散しそうになる。

だが、

「うおおおおおおおおおおおおおおおおおお――――っ！」

ウィリアムが叫ぶと同時にオーラも力を増す。その直後、銀仮面の奥に僅かに見える目が大きく見開かれたような気がした。

ウィリアムの一撃を前に、踏ん張りが足りなかった銀仮面が吹き飛ばされた。

「ちっ、オーラを扱えるようになっていたとは……」

想定外の事態に、困惑した銀仮面は地面に手を突いたあとすぐに立ち上がる。

戦況は依然銀仮面が圧倒的に有利であったが、ここで事態が一転する。

「くっ、改良したところでこれが限界ですか」

銀仮面の体から明《あか》らさまに神力が漏れ始め、ウィリアムは注意して動向を見守った。

「……しかたない。今日のところはこれまでにしてあげましょう」

それだけ言い放ち、銀仮面はウィリアムたちに向かってなんらかの神術を放つ。放たれた黒い塊がウィリアムたちの眼前で弾け、突風が襲ってくる。それが止《や》んだあとウィリアムたちが辺りを見回すと、銀仮面の姿は見えなくなっていた。

「ふぅ、どうにか撃退できたみたいだな」

状況を確認したウィリアムが袖で額の汗を拭ったとき、レインが嬉々《きき》とした表情を浮かべて話しかけてきた。

『やりましたね。ウィリアムさん、無事にオーラの形態変化を習得できたようですよ』

「なあレイン、お前あのときどうして俺に『できます』って言ったんだ？　一歩間違えれば死ぬところだったんだぞ」

『わたしはウィリアムさんならできると信じていました。ですから問題ありません』

どういう意味だ？　俺に見えないなにかにレインは気づいていたのか？

雲を摑《つか》むような答えに、ウィリアムが詳しい説明を求めようとする。そんなとき、

「な、なにがあったのっ⁉」

セシリーがなぜかカノンとともにこちらに走ってきた。

おそらくは騒ぎを聞きつけたのだろう。

到着早々現場に倒れているクラウディオとモニカ、ソーニャの姿に気づき、カノンが憎しみを込めた眼差《まなざ》しで睨《ね》めつけてくる。

「ウィリアム・ノアブラッドっ!? まさかあなたがクラウディオたちを……」

「いや、さっきまでここに仮面をつけた襲撃者が——」

「目撃者がいないからといって嘘《うそ》をつくのはよしなさい。この状況で言い逃れできるとは思わないでください」

クラウディオたちが目覚めてくれればウィリアムが手を下したという誤解は解けるだろうが、銀仮面とウィリアムが結託していたという誤解を解くまでには至らない。そのうえ、死闘の果てに気を失った三人がすぐに目覚めてくれるとは思えなかった。

「落ち着いてくださいカノン殿下。ウィルは人を襲うようなことはしません。それに襲っているところを目撃していないじゃないですか」

「どきなさいセシリー・クライフェルト」

カノンの魔力の高まりを感じとったセシリーが、ウィリアムとカノンの間に立ってカノンを止めようとする。

そんなタイミングで、遠方から焦《あせ》った声が聞こえてきた。

「落ち着いてくださいカノン殿下」

ケイネスが慌てた様子で駆けつけてきた。

「ケイネス先生、いままでどこに？」

「完全に撒《ま》かれていて到着が遅れました。申し訳ございません」

ケイネスは倒れている仲間たちの姿を確認したあと、難しい顔でカノンに進言する。

「状況はわかりませんが、証拠がないのであればここは引き下がらざるを得ません。決着は決勝でつけるべきです」

「……ここは退くことにします」

カノンの魔力が鎮《しず》まったことでセシリーも警戒を解いた。だが、カノンの怒りまでは鎮まっていなかった。

「ウィリアム・ノアブラッド、決勝でわたくしがあなたを殺します。覚悟しておいてください」


襲撃に遭遇した日の晩、ウィリアムの自室にて。

『わかった。では、カノンには誤解したままにさせておけ』

デートから始まった一連の出来事の報告を聞いたあと、イリスはそのように判断していた。

「えっ、誤解を解かなくていいのか？」

『ああ、状況から察するに眷属《けんぞく》に狙われていたのはカノンだ。そしてその眷属は、お前のことを脅威として認識していない。なら、イグニスからお前に関する情報を聞いていないのだろう。このまま泳がせておくと色々と都合がいい』

「イグニスってやつは、なんで俺の情報を仲間に黙っているんだよ？」

『わからん。あいつは昔から腹に一物抱えていた。なにか狙いがあるのだろうが、現状では読みきれないだろうな』

そう説明したあと、イリスは師匠としての顔を覗《のぞ》かせる。

『そんなことより、お前の中での「繋《つな》がった」という感覚を忘れるな。それはお前だけの特別なものだ。わたしのオーラを習得することに留まらず、今後のお前の成長にも繋がってくるだろうからな』

「ああ、そうするよ」

『将来的にお前は英雄として活躍することになる。そのときに、本気の出し方を忘れた、などと言ってくれるなよ』

「べつに俺は英雄になんかなりたくないんだけど」

『お前の意思とは関係なく、お前はならなければならないんだ。だから、いまのうちになると言っておけ』

「げっ、強制かよっ⁉」

『わたしたちの弟子であるというのはそういうことだ。そして、わたしたちの弟子には絶対に避けられない戦いがある。同時に、それは絶対に負けられない戦いでもある』

イリスが目配せすると、ソフィアとミオも頷《うなず》いた。

ま、やっぱこうなるだろうな。

イリスに報告した時点で、こういう話の流れになるのはウィリアムにもわかっていた。口では嫌ぶっているが、イリスたちの事情もある程度は理解できている。

今回は心の準備をする時間があっただけましか、と思いながらウィリアムは観念したようにつぶやく。

「なるしかないだろうな」

最弱兵器と呼ばれた俺が英雄になる。

実際にそのときが来たら、ウィリアムはきっと悪態の一つでも吐《つ》いているだろう。覚悟が揺らいで間違いなく文句を口にしているだろう。

だが、この日イリスたちの前で自分から口にしたことに嘘はない。

『ふーん、あんたも言うようになったじゃないの』

『いつの間にか男らしくなったね、ウィル君』

ソフィアとミオから褒められて、ウィリアムもまんざらでもない気持ちになる。

『銀仮面の覚醒者についてだけれど、カノン相手に搦《から》め手を使うあたり、使徒はもちろん力のある眷属でもないはずよ』

『甚振《いたぶ》って楽しんでいる可能性もあると思うよ。いずれにせよ、強い眷属じゃなさそうだね』

あれで強くないのか。

イリスたちが戦ったら普通に勝てるレベルの相手なのだろうが、ウィリアムにとってはとんでもない強敵であるに違いない。

『察するに銀仮面の覚醒者は周囲の護衛を潰してからカノンの首を獲《と》るつもりだろう。そんな状況で、お前という想定外の存在が介入してきた。お前が覚醒者ならいつカノンの首を獲りにいく？』

「カノンの護衛を潰したんだからいつでもいけると思うけど、なるべくならカノンが弱っているときがいいだろうな。ま、まさか――」

『ああ、そのまさかだ。お前の報告から察するに、銀仮面の覚醒者は人前で戦っても世界の法則とやらに掻《か》き消されないような耐性を獲得しつつあると考えていいだろう。格好の機会を見つけたら、場所を弁《わきま》えずにカノンの首を獲りにくることが考えられる』

真顔でイリスが念押ししてくる。

『わかっているな。明日カノンを圧倒することは大前提だぞ』

「お、おいっ⁉　お、お前はいったい俺になにを期待しているんだっ⁉」

『こらっ、わかってるくせになに言ってんのよ。どうせあとで倒す必要があるんだから、手間が省けていいじゃないの』

『そうだよウィル君。キミはツイてるんだよ』

『ウィリアム、お前に魔法の言葉を授けてやろう。やつを倒すまで帰ってくるな』

「単なるパワハラじゃねえかっ⁉」

『いずれにせよ、銀仮面の手口から察するに、明日はお前にとって試練の日になることは間違いない。心してかかるんだぞ』

『ふふっ、明日はウィリアムさんにとって想像以上の試練になるかもしれません。ですが、それはイリス様たちにとっても同じことです。油断せずにいきましょう』

「ま、マジかよっ⁉」

『あまり気負うな。五大使徒と眷属とでは力量に天と地ほどの差がある。わたしたちが強敵と認定する連中からは大分格が落ちるぞ』

「俺にとって強敵であることには変わりないだろうが」

自分の想定の甘さに気づかされたウィリアムが嘆く。すると、イリスが真顔で尋ねてきた。

『お前の力は何のためにある？』

いまの自分の力は自分のためだけにあるものではない。ウィリアム一人ではこれだけの強さを身につけることは叶《かな》わなかった。

そのことがわかっているからこそ、ウィリアムは胸中で嘆く。

くそっ、こいつらとはぜんぜん話が合わねえ。返事をしたら後悔する。こんなのは一時の気の迷いだ。

理性はやめろと言っている。だが、信念がウィリアムを動かした。

「俺のためだけじゃない、お前たちの想《おも》いも貫くためにあると思う」

四章　決勝戦

学園代表選抜戦トーナメント最終日、闘技場にて。

「セシリー、レオナルトに伝言をお願いしてもいいか？」

「うん。いいけど」

舞台下まで激励に来てくれたセシリーに、ウィリアムは伝言を託す。

「本当なの？」

「まあな。できることなら外れてほしいけど、たぶん読み通りになるからよろしく」

「……わかったわ。ウィルも気をつけてね」

セシリーと別れたあと、傍《そば》に控えていたレインが声をかけてくる。

『ウィリアムさん、わたしはここで応援していますね』

決勝戦では、レインを敢《あ》えて舞台の傍に控えさせるというのがイリスの方針だ。当のイリスは用事があると言ったきり、ソフィア、ミオ共々姿が見えなくなっていた。

手を上げてレインに応えたウィリアムは舞台に上がる。カノン側の舞台下ではサポーターのようにケイネスが控えており、彼に見守られたカノンが舞台に上がってくるところだった。

「ようやく……ようやくあなたと戦うことができます」

武者震いだろうか、舞台に上がってきたカノンの手は震えていた。

べつに俺は戦いたいわけじゃないんだけどな、とウィリアムは思う。だが、真実を知らないカノンはウィリアムを心底恨んでいる。

「なあカノン、どういうわけか知らないけどお前はこの決勝戦で俺を殺したいんだよな」

「しらじらしいと何度言えば――」

「俺から条件があるんだ。もしお前が勝ったなら俺を殺してくれてかまわない。代わりに俺が勝ったなら、お前に聖人化術式を教えたやつについて教えてくれ。そいつがお前にあの伝言を頼んだんだろ？」

「いいでしょう。その条件を呑《の》んで差し上げます。ただし、あなたが伝言の主について知ることはありません。この試合で勝つのはわたくしですから」

「ならこの賭けは成立したな。負けた後で駄々をこねるなよ」

そう言って両者が睨《にら》み合《あ》ってすぐ審判から合図が出る。

「始めっ！」

その直後、カノンが仕掛けてくる。

「本気でわたくしに勝てると思っているのでしたら、それは思い上がりです」

カノンの背中には円環を描くように十本の光の剣が生み出され、まばゆい光のオーラが体を包んでいた。

「いきなりかよっ⁉」

カノンが聖人化した直後、ウィリアムは真横に駆けだした。そんなウィリアムの軌跡を追うように、光の槍《やり》である【ホーリー・ランス】が連射されてくる。

「どうしました？　逃げるだけでは勝てませんよ？」

そう挑発してくるカノンはさらに【ホーリー・ランス】を発現する。

そんな光景をウィリアムは無言で観察しながら、足を使ってカノンを掻き回しつつ、自分に直撃する【ホーリー・ランス】だけを的確に捌《さば》いていた。

「この程度の攻撃で俺を捉えきれると思っているのか。随分安く見積もられたもんだな」

「なるほど、どうやら相当いい目をお持ちのようですね。ならこれでどうですっ！」

数頼りの攻撃から一転し、質で攻めることにしたカノンは躊躇《ためら》うことなく合成魔術を発現。右手に発現した【ファイア・ボール】と左手に発現した【ウィンド・カッター】を合わせた【ファイア・ストーム】を放ってくる。

「その手はもう知ってるよ」

狭い舞台の上だ、避けようがないと判断したウィリアムも即座に【メギド・ストーム】を発現。舞台上で二つの相乗と相克の合成魔術が衝突、激しく鬩《せめ》ぎあったあと大爆発し、爆風が闘技場全体を包み込んだ。

当然観戦席にも試合の余波は及んでいた。

「くっ、なんて爆風だっ⁉」

「あ、あんな魔術をぶつけあってあいつらは平気なのかっ⁉」

レオナルトとゼスを始めとする学園生たちは、ウィリアムたちの試合のレベルに圧倒される。そんな中、セシリーは瞬《まばた》きを忘れるほどに二人の戦いに魅入っていた。

「……あれがいまのウィルの強さ」

ざわつく観戦席にかまわず、舞台上で戦うウィリアムとカノンは次の合成魔術を発現し放っていた。それを絶え間なく五度繰り返す。

その後、明らかに体調に異変を来たす者がいた。

消耗戦の構図となり先に音を上げたのは、カノンだった。

「まさか相克の合成魔術をこれほど扱えるとは思いませんでした」

額に汗を浮かべ僅かに息を切らしたカノンが攻撃の手を止める。

ウィリアムの相克の合成魔術を相殺《そうさい》するために、より魔力を込めた相乗の合成魔術を発現し続けていたせいだ。

「褒めたってなにもでないぜ」

優勢であることを理解しているウィリアムは呼吸一つ乱していない。

ここまでは順調だ。あとはカノンの隙を突いて一気に懐《ふところ》に潜り込んで仕留める。

右手に握る騎士剣にウィリアムが力を込めたとき、想定外の事態が起こる。

「ですが、調子に乗っていられるのもいまのうちです」

今度はカノンが右手に【ファイア・ボール】、左手に【ウォーター・ボール】を発現させたあと合成し【メギド・ストーム】を編み出してきた。

「なっ⁉」

咄嗟《とっさ》にウィリアムも【メギド・ストーム】で迎撃する。だが、合成魔術ではカノンに一日の長があるのかウィリアムの【メギド・ストーム】が押し負けてしまった。

「くっ⁉」

想像を超えたカノンの一手により、ウィリアムは爆風に吹き飛ばされそうになるのを堪える。

「どうやら意外だったようですね。ですが、あなたが相克の合成魔術を使っているのです。ならば、あなたを倒すためにわたくしも同じものを使うとは考えなかったのですか」

そう言って再度【メギド・ストーム】を放ってくるカノン。ウィリアムも【メギド・ストーム】で迎撃したが、カノンに撃ち負けていた。

「図星だったようですね。このままこちらのペースで攻めさせてもらいます」

カノンが強気な態度でさらに【メギド・ストーム】を放ってきたため、今度は【メギド・ストーム】の応酬が始まる。それは誰の目から見てもわかるほどウィリアムが劣勢であった。押し負け続けたウィリアムは舞台の隅へと追いやられる。

「どうやらもう打つ手がないようですね」

「本当にそう見えるのか？」

「はったりもそこまでできれば立派ですね。ですが、これで終わりですっ！」

ここぞとばかりに力を込めて、カノンが【メギド・ストーム】を放ってきたとき、ウィリアムは合成魔術を発現しなかった。

来るっ！

真顔でカノンの【メギド・ストーム】を見据えるウィリアムの目はまだ死んでいなかった。彼はこのタイミングで巨大な【マジック・アロー】を発現した。

「いいや、まだ終わりじゃないっ！」

ウィリアムが放った【マジック・アロー】が【メギド・ストーム】を直撃。それは爆発を起こすことなく、まるで何も存在していなかったように【メギド・ストーム】を消失させた。

「【ディスペル・マジック・アロー】っ⁉　ま、まさかわたくしの合成魔術すら打ち消せるだなんてっ⁉」

「お前の魔力と合わせるのに手間がかかったけど、何度も見せられれば嫌でもわかるぜ」

勝負が決まったと油断していたカノンの隙を突き、ウィリアムは一気に間合いを詰めていく。

「くっ、隙を突かれたのは認めましょう。だからといってどうということはありません」

合成魔術では対処が間に合わないと判断したのだろう、すでに間合いを詰められつつあったカノンが次の手を打ってくる。

「剣よ、目の前の敵を打ち砕けっ！」

カノンの背に浮かんでいた十本の剣がこちらに向かってきた。

「全方位から斬撃、これを防ぐことができますか？」

それぞれが独自の軌道を描きながら迫ってくる十本の剣。カノンの強い口ぶりから、この攻撃に信頼を置いていることがはっきりとわかる。

だが、すでに一度目撃しているウィリアムは迷うことなく目を瞑《つぶ》った。

「目を瞑るとは、ふざけているのですか？」

カノンの憤《いきどお》る声が聞こえてくるが、ウィリアムは手抜きをしているわけではない。目を瞑ったほうが複雑な動きをする剣に惑わされなくてちょうどいいのだ。

「……なるほど、度胸だけは褒めてあげましょう。ですが、これで終わりです」

四方八方からウィリアムを串刺しにすべく迫ってくる剣の気配を、ウィリアムは正確に把握する。

捉えたっ！

ウィリアムは目を瞑ったまま体を捻《ひね》るようにして右足を蹴った。カノンに向かう慣性を維持したまま、ウィリアムの体が錐《きり》もみ状に回転する。その際、ウィリアムは三度騎士剣を振るい、カノンの剣三本を粉砕していた。

「なっ⁉」

驚くカノンの前で、ウィリアムは右足を蹴り上げる。するとウィリアムを狙おうとしていた剣の一本が浮き上げられ、ウィリアムはそれを袈裟《けさ》斬りにした。さらに左右から同時に迫ってきた騎士剣が近づいてきた際に素早く叩《たた》き斬り、左右にステップして上空からウィリアムを突き刺そうとした残る剣全てを斬り伏せた。

「ば、馬鹿なっ⁉　死角からの攻撃をどうやってっ⁉」

「魔力で動かしているものなら、その気配を辿《たど》ればどうってことないだろ」

瞬く間《ま》に十本の騎士剣が粉砕され、動揺したカノンにウィリアムは一気に間合いを詰めようとする。そんなとき、舞台下に控えていたケイネスがカノンに向かって叫ぶ。

「落ち着いてくださいカノン殿下、あなたにはまだ奥の手があります。いまここで御身《おんみ》が敗れては仲間たちの犠牲が無駄になります」

悔しさを思い出したかのように、カノンはきっと下唇を噛《か》んだ。

「ええ、わかっています」

その直後、カノンのオーラが一気に膨れ上がり、光の柱のように立ち上がる。そして光の柱が収まったあと、そこには濃密な光のオーラを纏《まと》ったカノンの姿があった。

「ウィリアム・ノアブラッド、散っていった仲間たちの名誉にかけてここであなたを滅ぼしますっ！」


闘技場、観戦席にて。

『ふむ、いままであいつの潜在能力の高さばかりに目が行っていたが、本当に優れているのはあの勝負勘かもしれないな』

標的を探して観戦席の通路を歩いていたイリスは、舞台で戦うウィリアムを見て感心していた。

【メギド・ストーム】を駆使するカノンに追い詰められたときはあわやと思ったが、【ディスペル・マジック・アロー】を用いて不利な状況を逆手にとってみせた手際《てぎわ》は見事なものだった。

おそらくはカノンに追い詰められたのも逆転への布石だろうな。

感心するイリスの傍では、想定外の逆転劇を引き起こしつつあるウィリアムを見て、ゼストとレオナルトが唸《うな》らされていた。

「あ、あれが本当にウィリアムかよっ⁉」

「あいつ、東部から戻ってまた強くなったんじゃないかっ⁉」

観戦席にいる誰もが、目の前で繰り広げられる超常の試合に目を奪われていた。

そんな中、セシリーだけは覚悟を決めた顔で試合を見ていた。

「たしかに東部から戻ってきてからもウィルは強くなっているわ。でも、わたしも強くなっていないわけじゃない。わたしはウィルに追いつく。ううん、絶対に追い抜いてみせる」

『あいつにはもったいないほどのいい女だな』

セシリーに聞こえていないと知りながら、イリスは言葉にせずにはいられなかった。

『もし困ることがあればまたレインを頼るといい。そのときはわたしがお前を指導してやろう』

そう言わせるだけの熱いものを、イリスはセシリーから感じていた。

そんなとき、イリスの頭の中から直接ソフィアの声がする。

『イリス、やつの場所がわかったわ』

『わかった。すぐに向かうから場所を教えてくれ』

ソフィアから場所を聞いて向かう前に、イリスは一度だけ振り返って舞台上を見た。

『残すは詰めだな、うまくやれよウィリアム』


闘技場、舞台にて。

「全力で来てもらってかまいませんよ、いまのわたくしを止められる者などいませんから」

目の前に立ちはだかるカノンは、堂々とした態度で佇《たたず》んでいた。

自分から攻めて来ようとしない？

これまで戦いの主導権を握ろうとしていたカノンの行動方針が変わったことに、ウィリアムは違和感を覚える。そして、すぐにその正体に気がついた。

オーラ使い同士で本気で戦い合えば、周囲に甚大《じんだい》な被害が出てしまう。

合成魔術同士のぶつかり合いでさえ、観戦席では見るのもやっとな状況に陥ったのだ。

合成魔術よりずっと強力な力であるオーラを纏って身体強化した状態で戦い合えば、最悪闘技場自体が吹き飛ぶ可能性もある。

【断罪の剣《ジャッジメント・ソード》】なんて使ったら死人が出るだろうな。

そんな結末を望まないウィリアムは、カノンにある提案を持ちかける。

「もしお前に自信があるなら、ここから先はこれで決着をつけないか？」

ウィリアムは騎士剣の切っ先をカノンに向けた。

その行為が意味するのは、騎士剣のみを用いた決闘だ。

「どういう狙いがあってのことですか？」

「この状況だと、お前のオーラがどれだけ強力だったとしても全力を出しづらいだろう。それに、俺もとっとと勝負がついたほうが都合がいいしな」

「いいのですか、わたしは――強いですよ。満足にオーラを扱えないあなたでは勝ち目はありません」

「お前が知っているのは過去の俺のことだろ」

その直後、ウィリアムは漆黒のオーラを纏って対峙《たいじ》する。

「いつまでも昔のままだと思ったら後悔するぞ」

ウィリアムのオーラに当てられたのか、カノンは一瞬目を瞠《みは》った。

「そういえば剣はあるのか？」

「予備がここに」

虚空《こくう》から騎士剣を取りだして構えるカノンに対し、ウィリアムも騎士剣を構える。

二人とも距離を取って睨《にら》み合《あ》っているが、オーラで身体能力を極限まで高めているいま、この距離はすでに二人の間合いだ。

だが、両者ともに力任せに突撃するような真似はしなかった。

相手もオーラ使いである以上、単純に考えれば条件は五分だ。であるならば、この戦いで勝つために必要なのは単純な膂力《りょりょく》ではない。この戦いを制するために求められるのは、相手の裏を掻いてほんの一瞬の隙《すき》を作るための駆け引きだ。

カノンは俺よりずっと長く剣術を学んできたはずだ。なら普通に読み合いをしたところで俺が勝てる見込みはない。だから、こっちから仕掛ける。

そう判断して、ウィリアムは勢いよく一歩を踏み出す。

一方、カノンはウィリアムより冷静だった。

これまでの戦いから察するに、ウィリアムはわたくしより技術が拙い。でも、それを補う勝負勘があるからこの状況では機先を制すために仕掛けてくる。なら、わたくしはそこを迎え撃つ。

ウィリアムから攻めてくると予想したカノンは、腰を低く落としてカウンターを決めるために身構えた。

くっ、俺の動きが読まれたっ⁉

駆け引きで負けたと悟ったウィリアム。だが、勢いをつけて前に出た以上、もう足を止めることはできない。

足を止めたら隙ができる。だから、このまま突っ込むしかない。

結果として攻めたはずのウィリアムが追い込まれた形となった。

でも、いまのままじゃ勝てない。

真っ向から挑めばカノンに斬られる末路を迎えることが手に取るようにわかった。だから、ウィリアムはそんな未来を覆《くつがえ》そうとする。

すでに間合いは歩幅で二十。極限まで高めた身体能力を宿すいま、その気になれば一歩で詰められる距離だ。

残る時間は一瞬。その間に、ウィリアムはこの状況に適応しなくてはならない。

かつてイリスはカノンのオーラを目撃した際に、あれでオーラか、と侮《あなど》っていた。

ならウィリアムがするべきことは、イリスが称する魔王オーラの性能を信じること。

否、それで十分かという不安が脳裏《のうり》を過《よぎ》った。

カノンはいま全力でオーラを駆使している。ウィリアムはオーラの質では優《まさ》っていても量では劣ってしまっている。

そんなとき、ウィリアムはさらなる閃《ひらめ》きを得る。

オーラは人間の身体能力を極限まで高めるものなんだ。なら、この状態で脳のリミッターを外せば——

極限のさらにその先の境地に至れるかもしれない。

そんなことを考えている間に、間合いは詰まっていく。

そんなことを俺ができるのか。いや、やるしかない。

ウィリアムはその双眸《そうぼう》に捉えたカノンを全力で睨みつけながら、脳のリミッターを外して全身に纏っていたオーラをさらに増加させ、限界を超えようとした。

直後、間合いが詰まりきる。脳のリミッターを外したウィリアムを、カノンは当然のように迎え撃ってきた。完璧なタイミングで、ウィリアムは捉えられていたのだ。

「はああああああああああああああああ――――っ！」

「はああああああああああああああああ――――っ！」


二人はほぼ同時に騎士剣を振り抜く。

だが、振り抜き始めたのはカノンのほうが僅かに早い。

この時点で、ウィリアムは一手遅れていた。

そんな致命的な事実にかまわず、ウィリアムは己の師匠たちを信じて騎士剣を振り抜いた。

その直後、あろうことか遅れて放たれたはずのウィリアムの斬撃が、先に放たれたカノンの斬撃を捉える。

ウィリアムの目の前にいるカノンが目を瞠る。

土壇場《どたんば》の一撃だったが、ウィリアムには成功する自信があった。

オーラの質でも量でもウィリアムが勝っていたからこそ生じた逆転劇だ。

極限を超えた力で放たれた斬撃は、カノンの騎士剣を一瞬で砕ききった。そして、ウィリアムはカノンの喉元に騎士剣の切っ先を突きつける。

「勝者、ウィリアム・ハイアーグラウンド――――っ！」

審判が勝利宣言を行う。

すると、観戦席から割れんばかりの歓声が起こる。

「なっ⁉　さ、最後はいったい何が起こったんだっ⁉」

「は、速すぎてなにが起こったのか全く見えなかったぞっ⁉」

「うおおおおおおおおおおおおおおっ！　よくやったウィリアムっ！」

「カノン殿下、見事な戦いでしたっ！」

「最弱兵器が最強兵器になったというのかっ⁉」

「ウィリアム、わたしはキミのことをずっと信じていたぞぉぉぉ――――っ！」

当初は悪役として学園生の敵となったウィリアムだが、誰もが文句を言えないようなこの試合を制した彼を侮るような者はいなくなっていた。

舞台上で、ウィリアムがカノンに尋ねる。

「さあ、お前に聖人化術式を教えたのが誰だか話してもらうぞ」

「そ、それは……」

言いよどむカノンは目線を下のほうに泳がせていた。

さてどうしたもんかな、とウィリアムが頭の後ろを掻《か》こうとしたときだった。

殺気を伴った存在が音もなく近づく気配があった。日頃の修行の成果か、ウィリアムの体は襲撃者に対して反射的に動く。

片方の手で襲撃者に狙われていたカノンの肩を摑《つか》んで強引に引き寄せ、もう片方の手に握った騎士剣で凶手《きょうしゅ》を受け止める。

「これはお見事。まさかいまの一撃を防がれるとは思いませんでした」

いきなり舞台上に現れたケイネスは、普段と変わらぬ柔和な笑みを浮かべていた。

だが、この状況ではそれ自体が異常だ。

「せ、先生っ⁉　こ、これはいったいどういうことですかっ⁉」

「どうもこうもありませんよ。わたしがあなたを殺害しようとしただけのことです」

状況を理解できていないカノンが、困惑したように尋ねる。

「な、なぜわたくしのことをっ⁉」

その一言で、ウィリアムは大方の事情を悟る。

カノンにあることないこと吹き込んでいたのはこいつってことか。

ケイネスからは神力の気配がしないが、状況的に見て間違いないと確信したウィリアムが尋ねる。

「お前が覚醒者ってことでいいのか？」

はしなかった。
「せ、先生が覚醒者っ⁉」
カノンが驚愕《きょうがく》する最中、観戦席から悲鳴が上がる。だが、誰もこの場に介入しようと
「絶対にあいつに手を出すな、全員いますぐこの場から逃げるんだ」
「おらおら、レオナルト殿下が言ってるんだ。手を出さないでとっとと逃げるんだよ」
観戦席では、レオナルトとゼスが率先して避難誘導をしてくれていた。
ウィリアムが試合前にセシリーに伝言を頼んでいたのだ。不審者の介入があった場合は
全力で逃げるように促して、絶対に助けには来ないでほしい、と。
実のところ、イリスたちはカノンを狙う覚醒者がウィリアムとの試合後、疲弊した状態
のカノンを襲撃してくる可能性を考慮していた。そこで試合の勝利条件として、カノンに
聖女の存在について伝言を頼んだ人物を教えてもらうことを約束させることで、情報漏洩《ろうえい》
を嫌った黒幕がこのタイミングで襲ってくるように仕向けていたのだ。
「お前がわざわざカノンたちを育てた目的はなんなんだ？」
「それはわたしの皮になっている者の仕業ですよ」
「皮？」

「ええ、わたしはケイネス・アローという人間を殺害して成り代わったんですよ。近年の覚醒者は、派手な殺しを避けて人類社会を内側から引っ掻き回すのが主流なんです」

「なっ⁉　ケ、ケイネス先生が死んだっ⁉　だ、騙《だま》していたのですかっ⁉」

カノンが憤《いきどお》るが、ケイネスは柔和な笑みを浮かべたままなにも答えなかった。

カノンに対する興味が失《う》せているのだろう。

「どうやら覚醒者が人前で暴れられないのは本当だったらしいな。でも、ここ数日の動きは妙じゃないか。いまもそうだけど人目を避けてないだろ」

「ほう、悪くない目の付け所ですね。じつは対抗薬が開発されたんですよ。わたしを滅ぼそうとする世界の秩序を無力化できます」

全部イリスの想像通りってところか。

事前にイリスから聞かされていた予想通りの回答に、ウィリアムは顔を歪《ゆが》める。

「そんなことより、わたしも伺わせてもらいたいことがあります。あなたとレインはいったいどういった関係ですか？」

『その会話、わたしも交ぜてもらいましょう』

舞台下で待機していたはずのレインが舞台に上がってきた。

（お、おい、あいつが出てきた時点でお前は逃げてる予定だろ）

『ウィリアムさんが守ってくれるから大丈夫です。それに、この件をウィリアムさんだけに任せるつもりはもとよりありませんでした』

……言っても聞きそうにないからしかたないか。

『やはりわたしの姿が見えるようですね』

「この時代であなたの姿を見かけたときは心が躍りましたよ。わたしを破滅に追い込んだ借りを返していませんでしたからね」

ケイネスはわなわなと全身を震わせ、レインだけを見つめていた。

『破滅に追い込んだ？　どういう意味ですか？』

「どうやらこの姿ではわからないようですね。せっかく再会したのですから、千年前の姿に戻しましょうか」

その直後、ケイネスの顔が崩れた。まるで粘土を捏《こ》ねるようにケイネスの顔が変化し、カイゼル髭《ひげ》を生やした一人の中年男性へと変貌していった。

目の前に現れた人物を見て、レインが声を荒らげる。

『あ、あなたはソドム枢機卿《すうききょう》っ⁉』

（なあ、そいつって……）

『はい、千年前に聖人化術式の普及を提唱した人物です。まさか覚醒者になり果てていただなんて……』

「あなた方にわたしの目論《もくろ》みを潰されて以降、行く当てを失《な》くしたわたしは覚醒者になったのだ。だが、あれから千年経《た》ってもあなたへの恨みを忘れてはおりませんぞ聖女様」

顔だけでなく肉体そのものが作り替わったのだろう、ケイネスのものとは違う野太い声で、本来の口調に戻ったソドムが告げてきた。

以前保健室に上着を取りに戻った際、ウィリアムは廊下でケイネスが注目してきたことが気になっていた。実際のところケイネスはウィリアムではなく、レインに遭遇したことで感情が深く動かされていたのだろう。

「千年間も逆恨みしてたのかよ、器の小さいやつだな」

「黙れ黙れ黙れ、お前のような最弱兵器になにがわかるっ⁉　わたしの栄光の道を汚した聖女を絶対に許さんぞっ⁉」

その直後、ソドムの力が急激に高まっていく。それは神力でありながら、僅かしか神力特有の気配を放たないものだ。

だが、魔力よりも強い力である神力が放つ重圧は、たとえば僅かであっても相対する者にとっては恐怖でしかない。

「こ、これが本物の覚醒者の力っ⁉」

生まれて初めて直面したであろう神力を前に、カノンが息を呑《の》んだ。

人が敵《かな》う相手ではないと感じているのだ。

（学園の敷地《しきち》で戦ったときよりずっと強くなっているぞ）

『おそらくあのときは世界の法則から逃れるための仕組みが不十分だったのでしょう。ですが、いまは万全のようです。ソドム枢機卿は戦闘を得意とする人物ではありませんが、覚醒者である以上、絶対に集中力を切らさないでください』

レインのアドバイスを踏まえ、ウィリアムが相手の一挙手一投足を冷静に見極めようと身構える。ソドムはにやりと笑ったあと、

『くたばれ、この叛徒《はんと》どもがっ！』

ソドムの頭上に生み出された巨大な闇色の光弾が、ウィリアムたちに向かって放たれた。

「くっ⁉」

警戒していたウィリアムは咄嗟《とっさ》に【メギド・ストーム】を放つ。

神術と魔術がぶつかり合い、その後生じた爆風によってウィリアムたちが吹き飛ばされそうになった。一方で反対側には爆風は生じなかったらしく、ソドムは悠然と構えている。

ちっ、合成なしで合成魔術以上の攻撃か。こいつは本当に格上だな。

相手の実力を確かめ、苦戦必至であることを悟ったウィリアムが声をかける。

「カノン、動けるか？」

「えっ、は、はいっ⁉」

「お前がいると巻き込んじまう。ここから逃げてくれ」

「で、ですが、あなたは――」

「俺の狙いはもともとこいつだ。今日はこいつを倒さないと帰ってくるなって師匠たちから言われてるんだよ」

「あ、あなたは試合で消耗しているんですよっ⁉　な、なのに単独で相手にするなんて正気ですかっ⁉」

「それはわかる。すっげーわかる。頭がおかしいと思う」

だが、ウィリアムは逃げない。

人間には命を懸けて困難や理不尽に立ち向かわなければならないときがあるのを、いまは知っているからだ。

「でも俺の役目はこいつを倒すことなんだよな、はあー。ま、そういうことでここは俺に任せてくれ」

「なら、わたくしも……くっ⁉」

不意に痛みが走ったのか、カノンは魔力心臓《マナ・ハート》がある辺りを押さえる。

「お、おい、よせって。聖人化術式の副作用でお前の魔力心臓《マナ・ハート》は弱ってる。これ以上無理をし過ぎると死ぬぞ」

「そ、それはどういうことですかっ!?」

「ははは、敢《あ》えてお前には教えていなかったが、聖人化術式は魔力心臓《マナ・ハート》に深刻な負荷が掛かるので禁忌とされているのだ」

「馬鹿なっ!? これはそのうちに慣れてくるという話では……」

「そんなものは嘘《うそ》に決まっておるだろう」

カノンの願望をソドムが一蹴する。

「自分の手を汚さず、才能ある魔導士を殺すのに効率のいい手段をとったにすぎない。そうしなければ世界の法則に消されるからな。もっとも、これまでの話だが」

これまでは、か。

今後、覚醒者がもっと直接的な行動をとるようになることは想像に難《かた》くなかった。

ウィリアムがある程度情報を得たとき、ソドムが挑発してくる。

「もともとわたしが狙いという話だが、どうやらレインは常に実体化できるほど便利な体というわけではないようだな。他の仲間の姿も見当たらないが、貴様如《ごと》きがわたしに勝てると思うのか小僧?」

考えるまでもない質問に、ウィリアムは容赦なく言ってのける。

「ああ、当然だろ」

五章　本当の敵

まずは相手の権能を確かめる。

以前の戦いで魔術を切断する腕を目撃したウィリアムは、ソドムの権能をさらに見極めるべく敢えて特大の【マジック・アロー】を放った。

「ふんっ、その程度の攻撃がわたしに通ると思ったか」

わざわざ神術を使うまでもないというように、ソドムは腕を振るって引き裂いてみせた。

「我が腕《かいな》はあらゆる魔術を拒絶する。お前がどれほど魔術を磨こうとわたしには届かぬ」

この分だと普通の魔術攻撃は通らないだろうな。なら、やっぱり近づくしかない。

ウィリアムは縮地を発現、一瞬で間合いを詰めソドムに斬りかかる。

「むう、珍しい技を使うな」

ウィリアムが確実に不意を突いたにもかかわらず、ソドムは後ろに体を反らして躱《かわ》してみせた。

技量ではウィリアムが勝っているが、それを覆《くつがえ》す身体能力をソドムは備えているようだ。神術による身体強化は、魔術のそれよりも強力なのだろう。

ちっ、接近戦も簡単にはさせてもらえないか。でも魔術攻撃が通じない以上、俺にできるのは距離を詰めて斬ることだけだ。

ソドムとの戦いは答えのない死闘だ。

これまでの戦いでは、ウィリアムには常にイリスたちからの助言と指導があり、それに従っていれば勝利できた。

だが、今回の戦いには答えがない。

イリスたちに言わせれば強敵ではないとのことだが、ソドムはウィリアムより格上だ。

些細《ささい》なミスでウィリアムが死ぬ。

こいつを倒すとすれば接近戦だ。どうにか隙を突いて、オーラで仕留めるしかない。

有効な攻撃手段が限られているため、ウィリアムはひたすらソドムとの距離を詰め続けて接近戦を仕掛け続ける。ソドムによって何度か振り払われるが、迷うことなくウィリアムは距離を詰めた。

近づいて斬る以外の選択肢が、ウィリアムに残されていないのだ。

「ちっ、大した力もないくせに面倒な小僧だ」

ウィリアムを一向に振り払えないことに業を煮やしたのか、ソドムが大技を放ってくる。

「わたしには神より与えられた無尽蔵の力がある。わたしの理想を理解しようとしない背信者どもに、裁きを下すには十分だ」

不意に生じた気配を察知したウィリアムが上を見る。すると、上空に黒い光が閃《ひらめ》くのが見えた。

「なっ⁉　レイン、退がれっ⁉」

込められた神力の量を瞬時に理解し、目を瞠《みは》ったウィリアムは咄嗟に後ろに跳躍した。

その直後、天から巨大な黒い光の柱が降ってきて舞台を貫いた。

弾《はじ》け飛んできた石材の欠片《かけら》を騎士剣で弾きながら、ウィリアムは舞台を見た。

ウィリアムがいた個所《かしょ》を中心に舞台が扇状に吹き飛ばされている。全体の三分の一ほどが削られているが、舞台上では何事もなかったようにソドムが立っていた。

「ほう、ようやく離れたようだな。そのまま死ぬがいい小僧っ！」

続々と空から降り始める黒い光の柱を、ウィリアムは厳しい表情で睨《にら》みつけた。


学園の敷地内、時計台の上にて。

「勝つことを前提に送り出したが、やはりウィリアムの劣勢のようだな」

「相手は大して強くないようだけれど、覚醒者だからね」

「万が一の可能性を視野に入れておいた方がいいだろうね」

実体化したイリスたちは、時計台の屋根から戦闘が続く闘技場のほうを見ていた。そんなイリスたちに囲まれるようにして、屋根の上にはもう一人の姿がある。

「おやおや、存外弱気なのですねぇ」

聖職者の格好をしている整った容姿の男性——イグニスの姿だ。

「この状況でも見学とはずいぶんと余裕だな」

「あなた方にも役割があるように、わたしにも役割があるんですよ」

イリスたちに包囲されても、イグニスに臆する様子はない。

その気になればいくらでも脱出できるのだろうな。

使徒であるイグニスを、イリスはそのように評価した。それから、イグニスが口にした役割について考える。

「なるほど、察するにこの状況はお前の仕込みか。覚醒者が世界の法則を欺けるかどうかの実験相手に、ウィリアムが選ばれたということだな」

「ご明察です。相変わらず勘だけは素晴らしいですねぇ」

「だが、なぜウィリアムの存在を覚醒者の間で共有しなかった。わたしたちの弟子だぞ、将来的に覚醒者にとって脅威になることをお前なら理解できるはずだ」

ここまで口にしても無反応のイグニスを見て、イリスはそれが答えだと受け取った。

「この千年の間に、覚醒者も一枚岩ではなくなったということか」

「さあ、それはどうでしょうか。もしあなた方の弟子がソドム枢機卿《すうききょう》に勝てるようであれば教えてあげてもいいですよ」

「ふんっ、くだらない賭けだな」

「おや、自信がないのですか？」

「いいや、ウィリアムが勝つからくだらないと言ったんだ」

「では賭けは成立ですね。それでは命を狙われると煩わしいので、一旦失礼させてもらいます」

僅かな神力の気配を残して、イグニスの姿は一瞬で見えなくなる。

おそらくは瞬間移動や転移のような、時間や空間を司《つかさど》る神術を発現したのだろう。

「相変わらず人を喰《く》ったような相手だね」

「追ったところで捕まえられるような相手じゃないから放っておくわよ」

「ああ、かまわない」

イリスは闘技場のほうを見る。

「結局、鍵を握っているのはウィリアムだということか」

闘技場にて。

「ふははは、【ディバイン・ジャッジメント】の餌食《えじき》となるがいい」

天から降り続ける黒い光を前に、ウィリアムは回避に専念していた。空から降り続ける黒い光を躱すために、学園生たちが退避して無人となった観戦席を駆け抜ける。

なり振りかまうつもりのないウィリアムだが、相手は覚醒者という規格外の存在であり、これまでウィリアムが戦ってきた相手の中で誰よりも強力だ。

断続的に空から降り注いでくる黒い光を前に、ウィリアムはいまのところ振り回されてしまっている。

くっ、扱える力の総量が違いすぎるっ⁉

神力という脅威について身を以《もっ》て理解を深めながら、ウィリアムは観戦席を蹴飛ばし、そこから舞台上に一気に跳躍した。

「馬鹿め、そう何度も懐《ふところ》に入れさせると思うか」

ウィリアムの動きを予期していたように、ソドムの足元から多数の黒い水晶のようなものが生え、ウィリアムを貫こうとする。

「その程度の妨害ぐらいは読んでいるに決まってんだろ」

ウィリアムは脳のリミッターを外し、左右へのフットワークで躱したあと黒い水晶を騎士剣で粉砕した。

その後すぐにソドムに斬りかかったが、ソドムは大きく後方に跳躍し、再び【ディバイン・ジャッジメント】を放ってくる。

強引に距離を詰めようとしたウィリアムは【メギド・ストーム】で相殺を狙ったが、ソドムに【ディバイン・ジャッジメント】を追加で二撃放たれる。

「くそっ⁉ まだ足りないかっ⁉」

ウィリアムの苦労を嘲笑《あざわら》うかのような攻撃に、接近を断念したウィリアムは再度逃げに転じた。

「ははは、どうした小僧。先程から防戦一方だぞ」

調子に乗ったソドムが高笑いをしながら煽《あお》ってくる。

ウィリアムの攻撃がまともに相手にされない一方、ソドムは一撃必殺となる攻撃を雨あられと降らせてくる。

このままではウィリアムの破滅は時間の問題だった。

そのことは誰よりも、ウィリアムが一番よく分かっている。

足りないものが多すぎる。イリスたちからの助言がない以上、できることには限りがある。いまある手札で勝つにはどうすればいい。

肩で息をしながらウィリアムは難しい顔になる。

「戦いの最中に考え事とは、愚か者めっ！」

ウィリアムの注意が削《そ》がれているのを悟ったのだろう、ソドムはここぞとばかりに【ディバイン・ジャッジメント】を放ってくる。

しまったっ⁉

はっと我に返ったウィリアムが気づいたときには、ソドムの放った一撃がすでに視界一杯に迫っていた。

いまから避けても間に合わないっ⁉

そう悟ったウィリアムが苦悶《くもん》の表情を浮かべたとき、

「ウィルっ⁉」

突如としてセシリーの声が聞こえるや否《いな》や、どこからか飛び出してきたセシリーが勢いよくウィリアムを摑《つか》み加速していく。

間一髪で救い出されたウィリアムが尋ねる。

「セ、セシリー、どうしてこんなところにっ⁉」

「試合前にあなたから頼まれた伝言が気になったから、あらかじめ覚悟を決めて、万が一のとき自分にできることがある機会をずっと窺っていたのよ。まさかウィルを助けることになるとは思わなかったけどね」

内容から察するにセシリーは退避した振りをして、闘技場のどこかで完全に気配を断って隠れていたようだ。

俺に気配を気づかせないなんてどういう修行をしたんだ？

ウィリアムがセシリーの成長に驚いていると、

「くっ⁉」

こちらを見て話をしているセシリーの表情が不意に歪《ゆが》んだ。ソドムの一撃が掠《かす》めたのか、セシリーの右足は酷《ひど》い状態になっていた。

「レイン、セシリーを頼むっ！」

「わかりました。ウィリアムさんは戦いに集中してください」

距離をとって戦闘の推移を見守っていたレインが駆けつけてきて、セシリーに治癒魔術をかけ始める。

集中したところで俺があいつに勝てるのか？

そんな疑念がウィリアムの脳裏を掠めたとき、レインの声が聞こえてくる。

「ウィリアムさん。大丈夫です、あなたなら勝てます」

「どうしてそう思うんだ？」

「わたしはこれまでずっとウィリアムさんのことを見てきました。だから、イリス様たちにはわからないことがわかるんです」

「おい、それは答えになってないぞ？」

「気にしないでください。セシリーさんは命を懸けてもわたしが助けますから、ウィリアムさんは目の前のことに集中してください。そうすれば、あなたならきっと勝てます」

たとえそれが気休めでも、ここまで面と向かって言われては弱音を吐くわけにはいかなかった。

「ああ、わかった」

それだけ伝えて、この場を離れてウィリアムは再びソドムと対峙《たいじ》する。

「集中したからといって勝てるとでも？　覚醒者となったわたしにそのような理屈は通じたりはせん」

セシリーとの会話が聞こえていたのだろう、ソドムが嘲笑《ちょうしょう》する。

「厳然たる実力の差が、感情程度で覆《くつがえ》されるわけがなかろう」

いまのままじゃどう足掻いても勝てない。だったら、無理やりにでも制御できるオーラの量を増やすしかないっ！

戦いの場で自分の限界に挑むため、ウィリアムは極限まで集中力を高めていく。

馬鹿にされたにもかかわらずウィリアムが反論しなかったため、ソドムは臆したと判断したようだ。

「ここで死ぬがいい、小僧」

上機嫌な様子のソドムから、ウィリアムに向かって【ディバイン・ジャッジメント】が放たれる。

ウィリアムに躱《かわ》す挙動は一切なく【ディバイン・ジャッジメント】の光に呑み込まれた。

そんな光景を見てソドムは勝ち誇る。

「ははは、しょせんこの程度か」

だが【ディバイン・ジャッジメント】の光が消え去ったあと、そこには何事もなかったようにウィリアムが立っていた。

「馬鹿なっ⁉　なぜいまの一撃を喰らって無事でいられるっ⁉」

「さあな、なんでだと思う？」

「こ、このわたしを舐《な》めるなよっ！」

ソドムが【ディバイン・ジャッジメント】を、ウィリアムに向かって三連射する。これまでとは比べ物にならない爆発が闘技場で発生した。

だが、その爆発の光が消えてすぐ、ソドムは再度驚愕《きょうがく》することになる。なぜなら、

「き、貴様っ⁉　その力はどういうことだっ⁉」

ソドムの瞳に映るウィリアムは健在であり、従来の漆黒のオーラに加えて、白いオーラを宿していたからだ。


闘技場、観戦席にて。

「やはりウィリアムさんにはまだ先があったようですね」

痛みのあまり気絶してしまったセシリーに継続して治癒魔術をかけながら、レインはウィリアムの活躍を見届けようとしていた。

そんなとき、イリスたちが傍《そば》に現れた。

『レイン、治療は大丈夫そう？』

「はい、なんとかなります」

『ウィル君を助けてもらったみたいだね。ありがとうセシリーちゃん』

ソフィアはセシリーを気にかけ、ミオは聞こえていないのは承知のうえでお礼を伝える。

その後、ウィリアムの戦闘を見守っていたイリスがつぶやく。

『ウィリアムになにが起きたんだ？』

イリスの視線の先には、これまでの苦戦をまったく感じさせずに戦うウィリアムの姿があった。

優勢とは言い難《がた》いながらも、ウィリアムはすでに圧倒的劣勢ではなくなっている。

『ど、どういうことっ⁉　ウィリアムの扱えるオーラの量がこれまでよりずっと増えているじゃないのっ⁉』

『そ、それにあの白いオーラ。あれはリスのオーラじゃないよね』

『あ、ああ。あれは――』

イリスたちはウィリアムが成長していることに気づけても、なぜ成長したかはわからないようだ。

『レイン、お前ならわかるか？』

イリスから問われ、レインが滔々《とうとう》と語る。

「じつは、ずっと疑問に思っていたことがあったんです。ウィリアムさんは本気の出し方を忘れるというスランプに陥ったあと復活しましたが、本当にウィリアムさんはスランプに陥っていたのでしょうか」

『ウィリアムが本気の出し方を忘れていたのは事実だぞ。ここにいるわたしたちが確認している』

「はい。ですが、ウィリアムさんの本気になれなかった理由はもうひとつある気がしたんです」

ウィリアムと濃密な時間を過ごしてきたレインだから気づけた事情について説明する。

「今回わたしは常にウィリアムさんと一緒にいたわけではありませんが、ウィリアムさんの性格なら、イリス様たちの指示通りに戦えばカノンさんとの試合はなんとかなる、と高を括《くく》っていたことぐらいは容易に想像がつきます。一方で、東部で活躍するまでウィリアムさんは常に自分を最弱の存在と考えて、毎回死ぬかもしれないという覚悟とともに困難に立ち向かってきました」

東部戦を経るまではウィリアムにとっての試練は常に死闘であり、必死に取り組むべきものだった。

しかし、東部戦を経て自らの真の実力を知ったウィリアムにとって、カノンとの戦いはイリスたちの指導をきちんとこなせば勝てるものであり、死闘とはならなかった。

「今回のイリス様たちの修行においても、いわゆる窮地に追い込まれるような状況にウィリアムさんはすぐに適応してしまい、本当の意味で困難だと感じるような経験はなかったのではないでしょうか。そして命の危機だと感じていないからこそ、ウィリアムさんは必死で取り組めなかったのではないでしょうか?」

レインにはずっと違和感があったのだ。

「それこそ『本気の全力』という話がありましたが、ウィリアムさんの本気は命の危機を覚えたときに発現されると思います。たとえば格上相手に命懸けで戦うと覚悟しているいまこの瞬間です」

確信をもって放たれた言葉に異論はなかった。

それどころか、

『なら、ウィリアムはいままでずっと本気じゃなかったってことっ⁉』

『あははは、これはウィル君に一杯食わされたかな』

『ふっ、わたしたちが弟子の器を読み違えていたとはな』

イリスたちがレインの主張に一理あることを認めてくれた。

「いまのウィリアムさんにはきちんとした戦う理由があり、圧倒的な実力を持つ強敵相手に命を懸けて戦う覚悟をしています。こういう状況でウィリアムさんが進化ともいえる爆発的な成長を遂げるところを、サポーターであるわたしは何度か目撃してきました。だから、わたしは断言できます」

漆黒のオーラについで白いオーラを纏《まと》い始めたウィリアムを見て、レインが告げる。

「ここからがウィリアムさんの本気の全力ですっ！」


闘技場、舞台にて。

「ば、馬鹿なっ⁉　そ、その力はっ⁉」

白いオーラを宿し始めたウィリアムを見て、ソドムが驚いたように声を荒らげた。

「ま、まさかその力は聖人かっ⁉　な、ならばお前は聖人化術式を発現したというのかっ⁉　聖女よ、わたしの力を否定した貴様がわたしを倒すために道理を曲げたというのかっ⁉」

「そのような真似《まね》はしていません」

舞台の隅にいたレインが否定する。

「な、ならばその力はいったい……」

ソドムは突然の出来事に戸惑ったあと、ウィリアムの背後にいるレインを凝視し、とある可能性に気づいた。

「こ、小僧っ⁉　まさかレインから聖洗を受けたというのかっ⁉」

「聖洗？　ああ、これのことか」

ウィリアムは左袖を捲《まく》り、レインから授けられた十字の紋章を見る。

先程から熱くなっていたので気になっていたのだ。

ウィリアムの左腕から白いオーラが生み出されていた。力が欲しいという彼の想《おも》いに呼応しているようだった。

この白いオーラも気を抜けば暴走しそうになる。そのうえ漆黒のオーラと併用しているので、消費魔力も跳ね上がっている。

「それは聖痕ではないかっ⁉」

左腕の十字の紋章を見て、ソドムはそのように口にすると高笑いした。

「ははは、わたしとやっていることが変わらないではありませんか。聖女の聖洗はたしかに真なる聖人を生み出すための術式。なれど、それは死の呪いでもある」

「死の呪い？　どういう意味だ？」

「どうやらまったく知らされていないようだな。聖洗は聖女が生涯で唯一選んだ人物に与える、聖人の力を得るための術式だ。だが、聖女の理想を実現しなければその刻印はお前の身を焼き滅ぼすことになる。聖女の理想とは覚醒者を滅ぼし世界の安寧をとり戻すこと。だが、そのようなことは不可能だ」

「……そういうものだったのか」

真実を知り、ウィリアムは誰に言うでもなく呟いた。

「ははは、どうやら今頃危険性を知って怯《おび》えているようだな」

ソドムから発せられる雑音を無視して、ウィリアムはソドムから視線を離さないまま、距離をとって見守るレインに大きな声で尋ねる。

「レイン、お前も俺に全部を託したってことなんだな？」

「はい、わたしもイリス様たち同様ウィリアムさんに全てを懸けることにしました。そのことに後悔はありません。ですが、懸けるということは背負わせるという意味でもあります」

「かまわねえよ。どの道お前らがいなければ、俺は後悔していただろうからな」

後方から聞こえてきたレインの返事を聞くと、ウィリアムは自然と元気が湧いてくるような気がした。

なぜそんなことが起こったのか、理由はウィリアムにもわからない。

「察するにこの土壇場《どたんば》で初めて聖人になったということか。だが、それだけのオーラを扱うのはただの人間には酷な話だ。オーラを制御することさえままならぬだろう」

ソドムが最後通牒《つうちょう》のように言い放ってくる。

「だから、お前に負荷を掛け続ければ自滅するはずだ」

額に脂汗をにじませながらも、ウィリアムは無理やり不敵な笑みを浮かべて答える。

「はんっ、やってみろよ」

「見え透いた嘘《うそ》を吐くとはいい度胸だ。お前を地獄に落としてやる！」

その直後、ウィリアムに向かって【ディバイン・ジャッジメント】が五連射される。そのうち四発は通常の規模だったが、最後に放たれたものは特大の一撃だった。

「ははは、これでどうだ」

黒い光の柱が確実な間合いでウィリアムを捉えたのを見届け、ソドムは高笑いしていた。

これほどの負荷を掛ければウィリアムは耐えられないと踏んでいたのだろう。

だが次の瞬間、

「その程度の攻撃で俺を潰せるとでも思ったのか？」

爆煙が晴れた向こう側から、五体満足のウィリアムが挑発していた。

「ば、馬鹿なっ⁉　ただの人間の貴様がなぜそれだけのオーラを扱えるっ⁉」

ウィリアムが無傷であるのに気づき、ソドムは戦慄していた。一方でウィリアムは、まだだ、まだ動くわけにはいかないっ！

ソドムの【ディバイン・ジャッジメント】を、全力のオーラで防ぎきってみせたウィリアムは平然とした表情を崩さないが、内心は穏やかではない。

くそっ、一瞬でも気を抜いたら制御できなくなるっ⁉

これまで以上のオーラをぶっつけ本番で操るという無謀な挑戦に、焦燥と緊張が常に脳裏を蠢《うごめ》いている。

だが、ソドムは想定外の事態に混乱しており見破られていない。

逆境下での対応力の差が、土壇場の局面で表れていた。

「こ、小僧っ⁉　き、貴様はいったい何者だっ⁉」

「どうやらあなたは本当になにも知らないようですね」

いつの間にかウィリアムの傍《そば》にまで近寄ってきていたレインが、ソドムの前で言い放つ。

「ここにいるのはウィリアム・ハイアーグラウンド。魔王イリス・ヴェルザンディ様、大天使ソフィア・ハートレッド様、剣聖ミオ・キリサキ様の弟子であり、聖女であるわたしが聖洗を施した存在です」

イグニスから事情を知らされていなかったのだろう、ソドムの表情が驚愕《きょうがく》に染め上げられる。

「ば、馬鹿なっ⁉　お、お前たちはいったいなにを考えているっ⁉　ま、まさかその小僧に人類の命運を託そうとしているのかっ⁉」

一際《ひときわ》声を荒らげたソドムは唾を飛ばしながら、ウィリアムを睨《にら》みつけてくる。

そんな状況でウィリアムは悟っていた。

一瞬だけなら、いまのオーラを制御したまま戦える。でも、この状態を維持できるのはあと少しだけだ。これ以上は俺の魔力が持たない。

僅かな思考のあと、ウィリアムは密《ひそ》かに低く腰を落とす。

ソドムが混乱しているいまは好機だ。まともにやり合ったところで俺に勝算はない。だから、この機会に絶対に仕留めるっ！

体にオーラを纏わせたまま、ウィリアムは【断罪の剣《ジャッジメント・ソード》】を放つため騎士剣にオーラを集めようとする。

くっ、魔王オーラと聖人オーラの二つを体に纏わせようとすると反発する。なら――

ウィリアムは漆黒のオーラのみを剣に纏わせ、体には白いオーラを纏わせた。

そんなとき、ついにソドムが動き出す。

「させんぞ、させんぞさせんぞさせんぞ。せっかくわたしは覚醒者となり、必滅者ではなくなったのだ。だというのに、だというのに――わたしの夢を滅ぼしたりなどさせんっ！」

「さっきから自分勝手なことばかり言ってるけどな。自己保身のために仲間を騙《だま》して犠牲

にした時点で、お前は人としてもう終わっているんだよ」

ソドムが再び【ディバイン・ジャッジメント】を連射しようとする中、ウィリアムが不意を突いて間合いを詰める。

「馬鹿めっ！　貴様の狙いなど読めているっ！」

ソドムがあらんかぎりの神力を宿した腕でウィリアムを切り裂こうとしてきた。

ウィリアムの行動は読まれている。だが、

「だからどうしたっ！」

ウィリアムにはもう後がない。

ウィリアムは持てる力の全てを【断罪の剣《ジャッジメント・ソード》】に注いで振り抜く。

「お前はここで絶対に倒すっ！」

漆黒のオーラを纏った斬撃が、神力を宿したソドムの腕と衝突する。激しいスパークが飛び散る中、ソドムは勝ち誇っていた。

「ははは、しょせん人の力などこの程度。超越者たるわたしに勝てるわけがない」

至近距離で力の鬩《せめ》ぎ合いが続く中、僅かだがソドムの腕が【断罪の剣《ジャッジメント・ソード》】を押し返し始めた。

「どれだけ足掻《あが》こうと貴様はしょせん人間。それも最弱兵器として侮《あなど》られ続けてきた存在だ。このわたしに勝とうなど——ぬぅっっっ⁉」

「うおおおおおおおおおおおおおおおおおお————っ！」

ソドムの腕をウィリアムが強引に押し返し始めた。力の限り叫びながら、まだ出し切れていなかった自分の全てを注ぎ込もうとする。

終始強気だったソドムの表情に怯えが芽生え始める。なぜなら、ソドムの腕に変化が起こっていたからだ。まるで激しい力の干渉に耐え切れなくなったように腕が指先から分解され、徐々に灰となって散り始めている。

「ば、馬鹿なあああっ⁉　い、いったいなにが起こっているっ⁉」

超越者たるソドムは、過剰に行使した自身の力に肉体が耐え切れないという現実を理解できていなかった。

その間にウィリアムの刃は徐々にソドムの眼前へと迫り、ここぞというタイミングでウィリアムは騎士剣に纏っているオーラを一気に解放する。

「これで終わりだああああああああああああっ！」

ウィリアムの騎士剣から放たれた漆黒の光の奔流が一瞬でソドムを貫いた。

本来ならば辺り一帯を破壊する一撃。それを一点に浴びたソドムは無事ではなく、神力の気配が完全に途絶えていた。

しかし、本気の全力の一撃を受けてなおソドムは人としての原形を保っていた。力なくその場に倒れそうになりながらソドムが尋ねてくる。

「な、なぜ必滅者である貴様が……このわたしに抗《あらが》えるのだっ⁉」

「きっかけがあれば人は変われる。長い時間生きてきてそんなことも知らないから、お前は俺に負けたんだ」

そうウィリアムが口にしたあと、ソドムの体は一瞬で灰となって消え去った。


「はぁはぁ、死ぬかと思った。もう二度とこんな命懸けの戦いなんてやらないからな」

ソドムを倒した後、誰に言うでもなくウィリアムがつぶやいた。

後ろを見ると、半ば吹き飛んでしまった舞台のすぐ下にイリスたちの姿を見つけたので歩み寄る。

「難しい顔をしてどうしたんだよ？」

『気にするな、なんでもない』

気を取り直すようにイリスが微笑《ほほえ》んだ。

『そんなことよりよくやったなウィリアム』

『あの土壇場で覚醒するなんて、さすがウィル君だね』

『ま、あたしはあんたなら覚醒者を倒せると信じていたけどね』

ミオとソフィアからも労《ねぎら》われ、ウィリアムがまんざらでもなさそうな顔をする。

「ま、レインのためにも負けられなかったからな」

『この調子なら、次はもっと強力な敵と戦っても大丈夫そうだな』

「お、おいっ⁉　あ、あんな連中との戦いなんて、体が幾つあっても持たないからなっ⁉」

『遠慮しないでいいわよ。あんたには覚えてもらうことがたくさんあるんだから』

『うん。これからもたくさん努力していっぱい強くなってもらわなくちゃね』

「絶対やらないからなっ⁉」

ウィリアムは全力で断ったのだが、間違いなく伝わっていないだろうな、とも思う。

せっかく災厄を退けたというのに縁起でもないことを口にするイリスたちから視線を外し、ウィリアムはレインに目を向ける。

「ウィリアムさん。お陰で助かりました、ありがとうございます」

「大したことじゃないから、気にするなよ」

軽く断ったあと、ウィリアムはレインに抱えられているセシリーを見た。

「そんなことよりセシリーはどうだったんだ？」

「問題ありません、治療は完了しています。いまは気を失っていますが、じきに目を覚ますでしょう」

「ふぅ、これで本当にひと段落だな」

ようやく肩の荷が下りたウィリアムは安堵《あんど》の息を吐いた。戦いで高ぶっていた気持ちが落ち着き始め、どっと疲れが押し寄せてくる。

そんなとき、不意にイリスたちの表情が険しくなった。

「どうしたんだ？」

『悪いが、急な用事が入ったようだ。わたしたちは一旦外すぞ』

『まったく、間が悪いやつね』

『ごめんねウィル君、また今度お祝いさせてもらうね』

まだやることが残っているらしいな。

イリスたちが裏の戦いをしていることくらいは察しがついている。だが、それはウィリアムには関われないものであることは察しているので、余計なことは言わずにイリスたちの背中を見送った。

「ウィリアム・ノアブラッドっ！」

声のしたほうを見ると、避難していたカノンが慌てた様子で駆け寄ってきた。

「確認させてください。あなたは本当に覚醒者ではないのですか？」

「まあな」

そう口にしてから、ウィリアムは敢《あ》えて誤解を解かずにいたことを思い出した。

「じつは決勝前にお前が俺のことを覚醒者だと勘違いしていることは気づいていたんだけどさ、覚醒者を誘い出すためにお前を利用させてもらったんだ。悪かったな」

「いえ、それはかまいません。覚醒者の手駒となったわたくしを利用することで、本命の覚醒者を討つという気概は見事なものです」

ここまで口にして、カノンは口を噤《つぐ》んだ。それから恥ずかしそうに、両手の人差し指をつんつんと合わせながら、

「むしろ、その……」

「どうしたんだ？」

「こ、これまで散々罵ってしまい誠に申し訳ありませんっ⁉」

顔を真っ赤にしてカノンは頭を下げてきた。ウィリアムは一瞬呆気《あっけ》にとられたが、すぐに気を取り直す。

「気にするなって。俺は最近まで最弱兵器って延々と罵られてきたんだ、ちょっとぐらい

気にしないよ」

「……ウィリアムさん」

「カノン、悪いけど俺は疲れたから後始末は任せていいか？　セシリーは気を失っているだけだから、ベッドで休ませてやってくれ」

「それはかまいませんが、ウィリアムさんは大丈夫なんですか？　相当魔力を消費したので立っているのもやっとのはずでは？」

「大丈夫だよ、これから寮に帰って休むつもりだし——」

ウィリアムはレインを見やり口にする。

「俺にはどんなときも頼りになるサポーターがついているからな」

※※※

校舎の屋上にて。

「おや、わざわざわたしから呼びにいかなくとも気配を察知して出向いてくれるとは、便利でいいですねえ」

『くだらない口上はけっこうだ。そんなことより賭けはわたしたちの勝ちだぞ。とっとと情報を寄越せ』

「どうやらあまりからかわないほうがよさそうですね」

苛立《いらだ》ったイリスが鋭い表情で睨《にら》みつけると、イグニスは肩をすくめておどけてみせた。

「あなたがたの読み通りですよ、覚醒者は千年前と違い一枚岩ではありません。歳月を経て、単に人類を滅ぼす以外の考えを持つ者も生まれました。もっとも、そんな思想が芽生えたのは覚醒者の総数に対してほんの一握りですが」

『貴様と異なる考えをする異端の者もいるのか？』

「さあ、それはどうでしょうか」

『ふむ、まあいい。覚醒者たちの動向に変化があるのはわかった』

イグニスは具体的な回答を避けたが、イリスは直感的にいると悟っていた。

『もうひとつ教えろ。ソドム枢機卿《すうききょう》が使った秘薬、あれは量産ができるものなのか？』

「どういう意味でしょう。質問の意図をはかりかねますが」

『世界の法則を欺けるほどの秘薬だぞ。材料がその辺で採集できるものということではないだろう。いったい何を使っている？』

イリスたちが睨みつける中、イグニスが何でもないことのように言う。

「おやおや、その辺で採集できるものですよ」

イグニスの口《くち》の端《は》がにやりとつり上がっているのに気づき、イリスの脳裏に最悪の予想が過《よぎ》る。

思わず実体化したイリスは、イグニスの喉元をその手で握りしめていた。

『な、なにしているのよっ⁉』

『落ち着いてリス。ここで争うのはメリットがないよ』

「ちっ」

舌打ちをして手を離すイリス。イグニスはにやりとした笑みを一切崩《くず》していなかった。

『どうしたの？』

『リス、なにか心当たりがあるの？』

『……いや、勘だ。まだ確定したわけじゃないから気にしないでくれ』

イリスはなおイグニスを睨みつける。

「そんなに睨みつけられると怖いですね。これでもわたしに摑《つか》みかかった非礼には目を瞑《つむ》っていたのですが、あなたが冷静でないのであればこれ以上の話し合いは難しいようですね。また次の機会があったらそのときにお話をしましょう」

そう言って、イグニスの姿は一瞬で消えてなくなった。

仲間たちから不安そうな目線を向けられ、イリスはこの話はもう終わりだというような

調子で言う。

『ともあれ、これでいままで沈黙を保っていた覚醒者たちが動き出してくることは確定した。今後は荒れるだろうな』

エピローグ

学園代表選抜戦の翌週、学園前にて。

「どうしたんだよ、何かあったのか？」

「ううん。なんとなく今日はウィルと一緒に学園に登校したくなったのよ」

ウィリアムがゆっくりと学園に登校しようとしていたら、寮を出たところでセシリーと出くわしたのがきっかけだった。

「怪我《けが》は大丈夫みたいだな」

「うん、目が覚めたときには傷跡を残さず綺麗《きれい》さっぱりなくなっていたわ。ねえウィル、あなたがここにいるってことはあれに勝ったっていうことよね？」

「まあな。でも、お前に助けてもらわなくちゃ勝てなかったよ。ありがとな」

「うん、感謝してもらえてそれはうれしいんだけど。でも、少し悔しい」

「なにが？」

「あのとき、わたしはあなたを引っ張って助けることしかできなかった。あれと戦う力がなかったのが悔しい」

「ま、悔しいと思えるうちは大丈夫だろ。本当にどうしようもなくなると悔しいとすら思わなくなって、なにもしたくなくなるんだよ。それに」

「それに?」

ウィリアムがちらりとあらぬ方向に視線を向ける。

この日はレインに加えて、なぜかイリスたちもついてきていた。そしてイリスはウィリアムの目を見て、うんと頷《うなず》いていた。

「お前には言ってなかったけど、俺の師匠は何人かいるんだ。そのうちの、レインじゃないやつがお前のことを買っているらしい。その気があれば指導してやるから覚悟しておけってさ」

「いつでも準備できていますって伝えておいてちょうだい」

「いいのかよ? レインとは比べものにならないくらい過酷な修行になるぞ」

「なにもできなくて後悔するより、そのほうがずっといいわよ」

そんな会話をしながら、ウィリアムは思考を巡らしていた。

状況から察するに、セシリーが今朝からずっとウィリアムのことを待っていたのは明白だ。

「それで、なんでわざわざ待ってたんだ?」

「一緒に登校したくなったって言ったでしょ」

寮から学園までわりとすぐの距離だ。

セシリーに理由を尋ねたがなぜか答えをはぐらかされる。説明されないまま、学園の正門に到着してしまった。

すると、隣を歩くセシリーの表情が弛《ゆる》み始めた。ずっと待ち焦がれていた大人気の劇を、これから観るかのようにわくわくしている。

(レイン、なにか心当たりはあるか?)

『いえ、まったく』

疑問を浮かべながらウィリアムはセシリーと一緒に正門を潜る。

すると、ウィリアムたちの姿に気づいた学園生たちが不躾《ぶしつけ》な目線を向けてくる。

向けられた目線は二種類あった。ひとつはセシリーに対する尊敬の目線。そしてもうひとつは、いつものようにウィリアムに対する侮蔑が込められたもの……ではなかった。

ざわざわざわざわ。

ウィリアムに気づいた学園生たちはすぐにざわめき出した。そのざわめきは瞬《また》く間《ま》に伝播《でんぱ》し、学園の正門付近に居合わせた全ての学園生たちがウィリアムを見ていた。全ての者たちの視線には畏怖や畏敬といった念が込められており、まるで傑物《けつぶつ》でも見るかのようなものだった。

その違和感に気づいたウィリアムは、隣にいるセシリーを横目でちらりと見た。セシリーは平静を装《よそお》っているようだが、してやったり、とでも言うかのような笑みが漏れてしまっていた。

これが見たかったのか。

見下されていることに慣れきってしまっていたから、ウィリアムはようやくセシリーの意図に気づいた。

「ねえウィル、ここにいる人たちはみんなウィルのことを認めてくれているよ」

「ああ、そうみたいだな」

そう言って、ウィリアムはなんでもないことのように視線を正面に向けた。

本当のところは、セシリーが喜んでくれているのがうれしかった。ただ、このうれしさはそれだけではないような気がした。

そう思った原因はセシリー以外の、それこそウィリアムにとって大事な人ではない、これまで自分を最弱兵器と虚仮《こけ》にしてきた連中だ。

ウィリアムにとってはどうでもいいと思っていた連中だ。しかも、ウィリアムは他人からどう思われてもかまわないと考えていたはずだった。

だが、そんな人たちが最弱兵器であるはずの自分を見て、畏怖しているのが面白いと思った。これまで自分を見下してきた連中が、ついこの間まで散々言ってくれたやつらが、この日は豹変《ひょうへん》しているのが滑稽に見えたのだ。

「……みんな勝手よね。でも、ウィルが認められるのは悪くないわ」

にやりと口の端を吊《つ》りあげて、セシリーがつぶやくのが聞こえてきた。ウィリアムにしか聞こえていないだろう、絶妙な声の大きさだった。

ざわめきが辺りを包む中、ウィリアムはセシリーとともに教室に向かう。すると、

「あ、あれが……ウィリアム・ハイアーグラウンドっ⁉」

誰かがそうつぶやくのが聞こえ、さらにざわめきは一層濃くなっていく。

たしかに悪くない気分だな、とウィリアムは思った。ふと隣のセシリーを見ると、目が合って二人は何も言葉を交わさなかったが、おかしくて少し笑った。

教室に着くまでの僅かな時間の出来事だったが、ウィリアムにとってこの時間は一生の思い出となった。

放課後、大通りにて。

レインに行きたい場所があると言われ、ウィリアムはそちらに向かっていた。

学園にイリスたちが勢揃《せいぞろ》いでやってきたことから、ウィリアムも薄々は察していたのだ。

（今日はなにか俺に話があるんだろ）

『まあな、お前はまたひとつ困難に打ち勝った。それを踏まえて今後についての話をしなければならない』

こんなやりとりの後、ウィリアムはレインに先導されながらどこかに向かっていた。そんなとき、今朝の出来事を思い返しながらイリスに尋ねる。

（そういえばお前、思っていたよりずっとセシリーのことを買ってたんだな）

それは今朝、力不足に悔しさを覚えたセシリーにイリスたちがさらなる修行を施してもいいとウィリアムに伝えてきた件《けん》のことだ。

『あの状況で命を懸けてお前を助けようとした人間だぞ。無視するわけにはいかないだろう』

『たしかにセシリーはまだまだ力が不足しているけど、あの志の高さは立派よ。あとでセシリーの爪の垢《あか》を煎じて飲ませてもらえば？』

『わたしもセシリーちゃんは立派だと思うけど、ウィル君もこれからの頑張り次第で負けないくらい立派になれると思うよ』

俺に頑張りを求めている時点で、そもそも間違っているんだよな。

ウィリアムはそう思ったが伝えないで黙っておくことにした。そんなとき、ウィリアムの前を歩くレインが足を止めた。

『こちらです』

「ああ、デートのときに入ろうとしていた店か」

デートの際に、セシリーが学園生に人気があると言っていたレストランの前だった。

レインは当たり前のように実体化し、店員となにやら言葉を交わしたあと二階に案内される。本来なら他にたくさんの客がいるはずだがウィリアムたち以外の姿はなく、テーブルには幾つかの料理が湯気を立てた状態で並べられていた。どうやら出来立て熱々のようだ。

『貸し切りにしてありますので、念話ではなく喋《しゃべ》っていただいてけっこうです』

レインがそう口にしたあと、ウィリアムは尋ねる。

「そろそろ教えてくれたっていいんじゃないか。今日はいったい何の集まりなんだ？」

レインはこほんと咳《せき》ばらいをすると、

「ソドム枢機卿《すうききょう》の件でどたばたしていてずっと言い忘れていたことがあります。ウィリアムさん、学園代表選抜戦で無事に優勝しましたね。おめでとうございます」

優しく微笑《ほほえ》むレインを見ると、ウィリアムはこれまでの頑張りが報われたような気がした。

『あらためて、よくやったなウィリアム。お前ならできると信じていたぞ』

『あ、あんたにしては悪くない出来だったんじゃないのっ⁉ ほ、褒めてあげてもいいわよっ！』

『あの土壇場《どたんば》で成長するのはとってもウィル君らしかったね。ますます好きになっちゃったよ』

イリスたちから面と向かって褒められるが、ウィリアムは難しい顔をしていた。この日はある覚悟を決めていたのだが、捻《ひね》くれた人生を送ってきた分、素直に自分の感情を表に出すのが恥ずかしかったのだ。

「あ、あのさ」

それからちらっとレインを見て、素直に思ったことを口に出せない自分を恥じて、ウィリアムは本音を口にする。

「お、お前らがいたから俺はどうにか勝てたんだと思う。こっちこそ……助かったよ」

そう言うと、イリスたちは満足そうに頷いていた。

ウィリアムから感謝されたことがうれしかったのだろう。

『成長したなウィリアム』

短い間に真っすぐな性格になりつつあるウィリアムを見て、イリスが悟ったように言ってきた。

「べ、別に普通のことだろ」

さりげなく言ったつもりのウィリアムだが、実際は目を逸《そ》らしておりイリスたちのほうを見ていなかった。

『この国ではまだ最弱兵器という汚名を拭いきれてはいませんが、少なくとも学園において、ウィリアムさんを侮《あなど》る者はもういないと判断していいでしょう』

レインが今後について話を振ってくる。

「まだそんなに実感が湧いてこないんだけどな」

『さらに昨日一昨日はカノン殿下より、この世界の裏側で暗躍する秘密結社であるマギアの存在について教えてもらいました。お陰でこの世界の情勢はかなり摑《つか》めたと思います』

『大魔導祭典は、世界の表側から抹消された魔導の知識を持つマギア間での闘争の場となる。五大マギアとかいう連中を片っ端から葬《ほうむ》れば、お前が名実ともに世界最強というわけだ』

「おい、べつに俺は世界最強になんて興味はないぞ」

『なにを言う、覚醒者たちが動き出したいま人類は再び存亡の危機に瀕《ひん》するぞ。だとすれば滅びに瀕した人類を纏《まと》める英雄が必要だ』

「げっ、英雄ってそんなこともやるのかよ。やっぱ俺には無理」

イリスたちが無言でウィリアムを見つめる。

「ちょ、ちょっと待てっ⁉　お、お前ら本気で言ってるのかっ⁉」

『ああ、本気で言っている。とはいえ、よく考えたらお前は英雄という柄ではないな』

『なら切り札はどう？』

『いいねそれ、賛成』

「切り札？」

『英雄のように優れた資質と人格を併せ持つ存在じゃなくて、覚醒者を倒すことに特化した存在っていう意味よ』

『それなら英雄よりも格式張ってなくてウィル君らしいと思うよ』

『ふむ、切り札か。たしかに悪くないな』

僅かな間のあと、イリスが尋ねてくる。

『どうだ？』

最弱兵器と呼ばれた俺が人類の切り札になる、か。

こいつらと出会う前の俺が聞いたら、間違いなく笑い飛ばしていただろうな。

「ま、英雄よりはずっとマシになったと思うからそれでいいよ」

『ならばお前が人類の切り札であることを、大魔導祭典という大きな舞台で世界中の人間の前で見せつけてやれ』

『ウィリアムさん、次もきっと厳しい修行がありますけど頑張りましょう』

「やっぱそういう流れになるよな」

少し逡巡《しゅんじゅん》したあと、ウィリアムがこう言った。

「今後も俺は嫌だ嫌だって駄々をこねると思うけど、最後は成し遂げると思う。だって、俺はお前たちの弟子だからな」

あとがき

この度はお買い上げ頂きありがとうございます！　諸星悠《もろぼしゆう》です！

お忙しい中、２巻をご覧頂きありがとうございます。

まずは無事に２巻を出版させて頂きありがとうございました！　これも全て読者の皆様のお陰です！

２巻を描くのは10年ぶりでして色々と苦労がありました。シリーズものの続刊を描くという経験がすっぽり抜けていて本当に大変でした。

編集部のトラブルに巻き込まれていなければさすがに10年も間が空くことはなかったと思うのですが、続刊を描くという感覚を取り戻すのに時間を必要としました。ブランクが長すぎてコツをとり戻すのに本当に１か月くらいかかりました。ウィリアムなら一瞬でコツを摑《つか》んで成長し始めるので、天才というのは凄《すさ》まじいですね（笑）。

そのうえ今作を描いている途中に、わたしは酷《ひど》い風邪にかかり、締め切りを大幅に超過してしまいました。締め切り間際《まぎわ》になり、担当編集さんに明日になればある程度回復すると思うので今週中に原稿が上がると思います、と伝えておきながら、一向に回復せずまったく原稿を仕上げられないまま延長した締め切りの刻限を迎え、そこから再延長するというやってはいけないプレーをしてしまいました（汗）。そんな中担当編集さまの頑張りもあり、どうにか再延長した締め切りを守ることができました。

幼少期のわたしは風邪を引けば学校を休めてハッピーと考える気質の持ち主だったんですが、大人になると風邪は本当に厄介《やっかい》ですね。締め切りが延びるのはありがたいことなんですが、夏休みの宿題と同じで原稿を上げないと問題になるんですよ。わたしはすでにアラサーなのですが、体調不良でスケジュールに追われたのは今回が初めての経験で、方々に迷惑をかけたうえに、あとがきを書いているいまも他所《よそ》に迷惑をかけているというよくない循環に陥っている真っ最中です。できれば2巻が出版される頃には脱出していたい（笑）。

最後に謝辞を。

担当編集さまへ。お陰さまで、どうにか出版することができました。本当にありがとうございました。

kodamazon さまへ。大変綺麗《きれい》なイラストをありがとうございます。

関係者の皆様へ。流通や販売、印刷など、いつもお世話になっております。ありがとうございます。

読者の皆様へ。皆様のお陰で、ここまで来ることができました。ありがとうございます。

これからも応援をよろしくお願いいたします。

富士見ファンタジア文庫

美《び》少《しょう》女《じょ》揃《ぞろ》いの英霊《えいれい》に育《そだ》てられた俺《おれ》が人類《じんるい》の切《き》り札《ふだ》になった件《けん》2

令和6年5月20日　初版発行

著者――諸星《もろぼし》　悠《ゆう》

発行者――山下直久

発　行――株式会社KADOKAWA
〒102-8177
東京都千代田区富士見2-13-3
0570-002-301（ナビダイヤル）

印刷所――株式会社暁印刷

製本所――本間製本株式会社

ISBN978-4-04-075447-5 C0193　◇◇◇

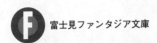

これは世界を救う

久遠崎彩禍。三〇〇時間に一度、滅亡の危機を迎える世界を救い続けてきた最強の魔女。そして――玖珂無色に身体と力を引き継ぎ、死んでしまった初恋の少女。

無色は彩禍として誰にもバレないよう学園に通うことになるのだが……油断すると男性に戻ってしまうため、女性からのキスが必要不可欠で!?

シン世代ボーイ・ミーツ・ガール!

王様のプロポーズ

King Propose

1

橘公司
Koushi Tachibana
[イラスト]――つなこ

最強の初恋
シリーズ
好評発売中!
ファンタジア文庫

切り拓け！キミだけの王道
ファンタジア大賞
原稿募集中！
賞金
《大賞》300万円
《金賞》50万円
《銀賞》30万円
選考委員
細音啓 「キミと僕の最後の戦場、あるいは世界が始まる聖戦」
橘公司 「デート・ア・ライブ」
羊太郎 「ロクでなし魔術講師と禁忌教典《アカシックレコード》」
ファンタジア文庫編集長
前期締切 8月末日
後期締切 2月末日
公式サイトはこちら！ https://www.fantasiataisho.com/
イラスト／つなこ、猫鍋蒼、三嶋くろね